THE SONG OF LAO-MEI

VOLUME 4.
THE RETURN OF RIGHTEOUSNESS

卷四

正氣長流

老梅謠

芙蘿／著

目次
Contents

前情提要

潔弟為躲避鬼術師與殺手追殺躲進陰間，幸遇兩大判官出手相助，她才得以發現自己前世是滅門案唯二的倖存者與嫌疑犯之一！

更重要的是，她得以憑藉三生石回想起前世記憶，得知當年斷頭案遺留的凶器所在。

好不容易尋得蛛絲馬跡，她一回到陽間卻發現吳常慘遭毒手，被鬼術師下毒蠱殺害。

為了救回心上人吳常，潔弟不惜自殺，只求趕在吳常抵達鬼門關前，闖進危機重重的混沌七域，逆天將他帶回。

於各域闖蕩時，潔弟不只面對自己內心的恐懼，更見到吳常不為人知的黑暗過去……

第一章
開眼

黑茜身旁的路易更是震驚萬分。他原本還想，等老闆黑茜喝完手中那杯咖啡，就要開口勸她認清事實、著手辦理後事、盡快回瑞士主導大局。要是她再不歸營，CEO這個位置恐怕就要拱手讓人了。

「去把我們的醫生叫來！」黑茜吩咐路易道。

「知道！」路易又問，「要通知楊志剛嗎？」

黑茜思索半秒，點頭回道：「去吧。」接著又再次朝艙裡的吳常喊話。

吳常耳邊聽到的悶響逐漸清晰，是黑茜的聲音。幾秒之後，他才聽清楚，她叨叨不休念著的是他的名字。

眼球轉了幾下，緩緩睜開一條縫。初時視線仍非常模糊，僅能感受到柔和的光亮。慢慢地，視力恢復，他有一秒期待眼前模糊的人影是潔弟。待他看清玻璃外的人是黑茜時，更是又驚又喜：「茜……」

吳常乾啞微弱的聲音透過氧氣罩、玻璃艙罩勉強傳到黑茜耳裡。黑茜立即喜極而泣，摀住嘴，不敢相信奇蹟真的出現。

＊＊＊

志剛一接到路易的電話便飛車趕至醫院。路易前腳才與醫院值班醫生和輪班待命的隨行醫生跑進病房內，志剛後腳就衝了進來。

吳常維生艙的玻璃罩已被掀開，五位醫生正興奮地包圍著這個稀世案例，邊忙碌地為他診斷、檢查生理狀況，邊七嘴八舌地討論維生艙卓越到可以稱之為神蹟的功用。

「怎麼樣、怎麼樣？」志剛大步走到一旁的黑茜與路易面前，拋出一連串的問題，「他身體還好嗎？只有他清醒嗎，潔弟還沒？」

黑茜對他的問題充耳不聞，只是伸長脖子、全神貫注在聽醫生的對話，不願錯過任何細節。

路易搖搖頭回道：「沒有。她連 vital signs 生命徵象都沒半點起色。」他見志剛原本振奮的神色一轉落寞，又開口安慰，「再等等看吧。」

路易安撫的話傳進志剛耳裡如縫衣針般的鋒利刺耳。不到二十四小時前，他也對黑茜說過同樣的話。現在聽來如此諷刺，令他心中頓時五味雜陳。

志剛走到無人問津的潔弟維生艙前，隔著玻璃罩說道：「快醒來、別睡了。」

面色蒼白的潔弟仍是一動也不動，志剛突然感到鼻酸，不禁悲從中來，低頭對她說：「再不醒，我怎麼跟妳家人交代？快醒來啊！潔弟！王亦潔妳聽到沒有！」

「磅！」志剛一時激動，拳頭發力捶了一下玻璃罩，嚇得一旁醫生全部停下動作，與路易同時扭頭張望。

黑茜雖知道維生艙罩材質是防爆強化玻璃，沒那麼容易碎裂，但其造價非常昂貴。見志剛下手不知輕重，她不悅地冷冷瞪他一眼。

志剛毫不在乎眾人注目，繼續喊道：「聽到沒有！」舉拳又是一捶，「王亦潔！」

艙裡的潔弟忽然詐屍似地彈坐起身，雙眼猛然睜開、對上志剛的目光，嚇得志剛鬼叫一聲、身子往後跳開一大步，差點被椅子絆倒。

「靠北啊！」站穩腳步的志剛，驚魂未定地對潔弟吼道，「妳他媽是不是想親我！幹嘛臉突然湊上來！」

不等潔弟回答，兩位醫生立即開啟艙蓋，檢查她的身體狀況，並扶她躺下休息。

醫生們一致認為吳常與潔弟兩人除了營養不良及身體虛弱外，皆已無大礙，再住院觀察、靜養幾天就可出院。

路易見醫生們還在雀躍討論兩起絕無僅有的臨床病例，便將他們帶出病房，留給四人獨處的空間。

「哇靠，死而復生耶！」志剛一關上房門，就再也無法抑制心中的澎拜激昂，喜出望外地連連高聲歡呼，「真他媽奇蹟到邪門！嗚呼——」

「你給我閉嘴。」黑茜怒視他，低聲說道，「沒聽到醫生說吳常要靜養幾天嗎？」

志剛意識到自己失態，立刻尷尬地閉上嘴，湊到吳常身邊說：「哎，怎麼樣兄弟？」他不改自己一貫的吊兒郎當，劈頭就問，「見到什麼沒有？那邊有沒有金髮比基尼正妹？」

吳常接過黑茜遞來的水杯，喝了幾口水，硬是不作聲回應，只賞他一記白眼。

「再打擾到他休息，就給我滾出去。」黑茜下逐客令。

「好啦好啦，醫院又不是妳家開的。」志剛感到自討沒趣，就轉身朝一旁閉目養神的潔弟關心道，「不錯嘛小妞，還真把人救回來了。等妳出院，哥請妳吃麻辣火鍋！」

「媽媽……爸爸……」潔弟低聲呢喃道。

志剛一聽，表情立刻嚴肅了起來：「怎樣？要我通知妳爸媽嗎？」他調整潔弟維生艙的床墊高度，讓她得以斜坐起身，再倒杯水給她喝。

潔弟先是一口氣將水喝個精光，才揮揮手，虛弱地說：「不要……我只是想他們。我……還有件事沒做……」

「還有什麼事？」志剛納悶地叉腰問道。

「證物……」潔弟又嚥了嚥口水，「還在……」

「什麼！」吳常與志剛兩人同時震驚叫道。

「真是不死心啊。」黑茜冷嘲熱諷道，「都已經進了棺材還不掉淚。」

「Ombre……」潔弟說道。

儘管她們倆是第一次見面，潔弟還是馬上就認出對方，只因她的長相、氣質都與吳常懷錶裡的照片一模一樣。

「她有中文名字，叫黑茜。」志剛補充道，「我在場的時候，不要講外文謝謝。」

「妳也知道我？」黑茜挑了挑眉，冷笑一聲，正要說什麼，就先感受到吳常射來的警告眼神。她立刻就會意過來，知道他這是要她講話別太過分。

黑茜翻了圈白眼，勉強釋出一絲絲善意，對潔弟說道：「聽志剛說，是妳把吳常帶回來的。雖然這一切都很荒謬，但無論如何還是謝謝妳，我們黑家欠妳一個人情。以後需要幫忙，儘管開口。」

吳常讚許地朝黑茜點點頭。她注意到，又是回以一記白眼。也只有在吳常面前，她才會如此輕易地顯露情緒。

「黑茜，小心走漏風聲。」志剛忽然開口叮嚀道。

此時神態已然輕鬆不少的黑茜，當然知道志剛指的是兩人復活一事，淡淡回道：「無所謂。現在吳常已經醒了。等他休養幾天、確定沒事，我就立刻帶他回瑞士。傭兵守個幾天不是問題。」

吳常正要抗議，志剛也正欲追問，就先被潔弟給搶先。

「傭兵……傭兵……」潔弟像是想到什麼似的，急忙舉手說道，「我需要……幫忙……」

「這麼快就決定了？」黑茜輕蔑地笑出聲，又道，「妳真的知道黑家的能耐嗎？只有一次人情，妳最好想清楚。」

「想很清楚了……」潔弟雖講話有氣無力，但神色十分認真，「我……要跟妳借傭兵……」

「潔弟！」吳常立刻知道潔弟目的為何，便出聲制止。

「借傭兵？」志剛也隨即意會過來，忍不住罵道，「哇靠妳這個瘋婆子！妳該不會又要——」

「我要再進村！」潔弟打斷志剛的話，固執道。

「我陪妳。」吳常對潔弟說。口氣好像只是陪她去樓下美食街買便當那樣的稀鬆平常。

說不清是從何時開始，或許是在金沙渡假村與潔弟相望的第一眼吧，他就對她有了好感。而且越是相處越是在乎她。但當時他對自己的心意感到困惑，不懂這一切所為何來。

隨著兩人一同患難，他對她的情感逐漸清晰。當他在混沌七域裡的懼域看到潔弟挺身出現，像個英勇的母猩猩一樣護著自己的那一刻，他便知道自己已經無可自拔地愛上她了。

「不准！」黑茜立即強勢喝道，「路路你給我待在醫院休養！」

「茜，」吳常蹙眉抗議道，「妳不能限制我的人身自由。」

「是嗎？」黑茜一臉不懷好意，冷冷說道。

「安啦安啦，如果有傭兵陪的話，事情就好辦了嘛。」志剛出來打圓場。

「甘你什麼事？輪得到你插嘴？」黑茜看向志剛，雙眼冒出騰騰殺氣，「最沒資格講話的就是你。」

「又我？好啦好啦，」志剛轉頭對潔弟說，「反正現在那妖霧也沒了，大不了這次我陪妳進村啦！」

「不行，」吳常反對道，「你的身分是刑警，對方一定也是盯著你的行蹤。太早插手，很容易打草驚蛇。」他看向潔弟說，「還是我陪妳吧。」

「Lumière!」黑茜怒喊吳常的法文名字，又對潔弟說，「傭兵借妳沒問題，但我不允許妳再把吳常拖下水。」

吳常心生一計，當即冷靜下來，對黑茜比手勢要她過來身旁：「茜，幫我兩件事。」遂覆耳向她講起悄悄話。

潔弟和志剛都伸長脖子、豎起耳朵，卻都只偷聽到幾段嘰嘰喳喳、沒有意義的音節。

黑茜聽完，斜睨吳常一眼道：「舉手之勞。不過這對我有什麼好處？」

吳常知道黑茜要的是什麼，便順著她的心意說道：「妳不是一直要我跟妳一起回瑞士或法國嗎？如果這些案子能破、幕後主使人可以繩之以法，我就跟妳一起回去。」

果然，黑茜一聽，立即眼睛為之一亮，喜上眉梢地說：「一言既出。」

「駟馬難追。」吳常接道。

潔弟只知面前這位擁有一雙罕見藍紫瞳雙眼的美貌女人是黑茜，卻不知她與吳常的關係，以為兩人是舊情人。她見兩人交談如此有默契，眉眼間盡是說不出的熟悉與熱絡，還以為兩人是舊情復燃，心裡霎時感到一陣揪痛與心酸無奈。

潔弟暗暗成全在心：這樣也好，反正像吳常那麼好的男人本來就不可能屬於我。把他帶回來，起碼還可以促成一對佳偶。

「好。」黑茜轉頭高高在上地對潔弟說，「傭兵借妳一用。妳只管找出證據，其他我來處理。」

一旁旁觀的志剛，從頭到尾將三人的一舉一動看在眼裡。他心念一動，大抵猜出吳常的意圖，但還不太肯定。

此外，志剛先是留意到黑茜沒有制止醫生檢查潔弟身體狀況，現在又觀察到黑茜與吳常的互動，便陷入自己的沉思之中：黑茜這女人太犀利了，智商與吳常不相上下，城府謀略絕對在他之上，一定已經推敲出主謀的身分。現在吳常醒來，她的態度已經軟化，只要她願意幫忙，這案子也許真能……

第二章
設局

潔弟死了七天，醒來以後除了全身僵硬無力以外，還異常飢餓，不到半小時就狼吞虎嚥了八塊炸雞。

黑茜因有要事很快就帶著路易離開，不過門口還是有兩位保鑣留守。

「好吃、好吃……」她邊嘖嘖吮指，邊心滿意足地摸摸肚子。

剛從浴室洗完澡出來的吳常，正用浴巾擦著濕潤的頭髮。他的氣色已紅潤許多，雙眼也恢復往常的銳利有神，此時看到她面前小桌上堆積如山的雞骨頭，立即皺起眉頭。

「妳已經七天沒有進食，不應該一復活就吃分量那麼多又油膩的東西，對腸胃的負擔太大。」他不贊同地說。

「不會啊，吃飽喝足好做事嘛！你看我現在力氣都回來了。」她看吳常醒來之後除了水以外什麼都還沒吃，就隨手捧起只剩碎碎炸麵粉皮的全家餐桶說道，「你要不要吃點？」

「我不吃廚餘。」吳常連看都不看，就坐回自己的病床上。浴巾一掛，便扭頭對志剛說，「繼續。」

「嗯。」志剛與他已有某種默契，也不再多說廢話，立即接話，「我的人手不可能一直顧著老梅村，潔弟必須盡快進村找出證物。」

「當然。」吳常從 iACH 頭盔取出記憶卡交給志剛，「這是我們在村裡錄到的影像。」

「這是第一手資料吧？」志剛接過來，打量了幾眼，「你那邊不用先備份？」

「已經備了。一旦頭盔偵測到網路訊號，就會自動上傳到雷斯特的雲端硬碟中。」吳常說。

潔弟聽他們提到頭盔，就想到盤據老梅村的妖霧，立刻跟他們提起她在陰間三生石上看到的前世記憶，包括德皓用霧陣煉村人、小環被逼自盡的片段。

「也太玄了吧！」志剛愕然嘆道。

吳常想到了什麼，立刻接著說：「我們在村內的確只找到警察的屍骨。但我想，這並不是像謠傳說的，『只要是警察都死得特別慘』。相反的，也許是警徽對於霧氣有某種抵禦的效果，所以警察不如其他村人一樣很快就被霧氣抽煉到連屍骨都不剩，而是會正常腐化。殘留下來的衣鞋也不會因時間復歸而消失。」

「你的意思是，那霧氣會像王水一樣，把人給活活溶解掉？」志剛試圖自行推敲，「那霧中仙該不會其實就是……老梅村民……」

「或許也有當初進村協尋村民的義勇鄉民，和歷年來跑進去的逃犯。」吳常補充道。

「嗯……」志剛神色嚴肅地說，「現在霧散了也好，等這件事告一個段落，那些警察家屬也總算可以進去收屍了。」

「所以我們動作必須快，那些屍體沒有霧陣隔絕，在自然環境中會腐化得更快，也會越來越難以辨識死者身分。」吳常道。

「說到屍體，」志剛又提出一堆問題，「那把劍是怎麼回事？為什麼你們明明被劍捅穿了，傷口還會馬上癒合？那個鬼術師德皓又是什麼人？為什麼潔弟說他不死不活的？」

潔弟跟吳常互看一眼，心想這才是真的玄。就算是天才吳常，一時間也不知道該怎麼向志剛解釋。而潔弟她自己也似懂非懂。

她把她所知的都告訴吳常和志剛。根據吳常的猜測，瑤鏡劍是具靈性的神器，會自己擇主，而且絕不會傷害到主人。也許瑤鏡劍當初並不是真心認定她可以駕馭它，純粹是被她想救人的心給感動，才勉強暫時讓她當它的主人，所以她的傷才能馬上癒合。稍後，瑤鏡劍一見到吳常，便認定其為主人，遂主動飲其血結為主僕。但寶劍也馬上意識到吳常已死亡，所以失去主人的它，再次陷入沉睡，而劍身也隨即鏽化。

「難怪這劍在潔弟手上是閃銀光，後來刺吳常的時候是閃金光。」志剛茅塞頓開道。

「哼偏心！搞什麼一見鍾情啊！」潔弟忿忿不平地瞪著那把放在電視櫃上的瑤鏡劍說，「你這個肉食女！」

「咦，對了，說到肉食，」她突然又想到吳常中蠱的事，便轉頭問他，「你現在看起來沒什麼事了耶。是因為那個德皓消失，蠱毒也失效了嗎？」

吳常說：「蠱毒說穿了就是使人傷病的寄生蟲、細菌或真菌。這些菌種和寄生蟲對宿主的生理狀態非常敏感，除了宿主必須是活體以外，一旦宿主死亡，有些菌種也會在短時間內隨之死亡，而寄生蟲會馬上竄出人體，就近尋找新的宿主。」吳常疑道，「但按理說，我一死就被裝進維生艙了，中間生理機能間斷的時間很短，體內的蟲不可能這麼快就消失殆盡。為什麼我醒來的時候，並沒有感到任何呼吸障礙？」

志剛道：「啊這個我知道。前幾天聽路易說了。你體內的蟲屬於寄生蟲。還好你姊公司有個什麼熱帶疾病研究中心的。你宣告不治的那天晚上，你姊馬上就派專機把檢體送到那間中心化驗研究。實驗室才短短兩天就研發出噴霧式的驅蟲藥劑。雖然還在實驗階段，但為了救你，還是冒險給你用。好家在最後成功拔蟲。否則你一還陽又被同樣的蟲毒害得窒息身亡，那潔弟就白死了。」

「原來如此。」吳常想到了另一件事，「潔弟，還記得妳跟我說過的續命丹嗎？」

「啊？」她見吳常一臉嚴肅，也馬上認真回想，「嗯……喔！是德皓當年從玄清派掌門身上搶走的續命丹！可是這樣也很奇怪耶。師父說，當年老道上山清理門戶、安葬掌門的時候，就已經看到德皓的墳墓了，為什麼他現在還活著？而且還一副要死不活的樣子？」

「有沒有可能，」吳常推測道，「續命丹的功用不是讓人不死，而是讓人起死回生？譬如說，人服下續命丹，死後入土後，這丹藥才會發揮功效，讓人再次還魂。」

「喔——」她好像有點明白，「也許當年老道在山上看到德皓的墳時，德皓才剛死。而等到丹藥起作用，德皓還陽時，老道已經下山了？」

「有可能。」吳常同意道。

「那續命丹也真是黑心食品，只負責還魂，軀體還要自負。德皓就算復活了又怎麼樣？長相比殭屍還噁心，還要拿別人的臉皮來戴！」她一想到他的面孔，又是一陣頭皮發麻。

「重點不是美觀問題而是在於他是不是還會再復活？」吳常一針見血道。

他將死前見到的那幕講給她和志剛聽，認為德皓應該因蠟燭被他砍斷而元氣大傷，但並沒有真正死亡，而是魂神拋棄軀殼遁逃了。

「如果德皓還有續命丹或是當年吃下的丹藥還有效，那說不定又蟄伏在某處的土裡，等待時機一到，又可以再次借屍還魂。」

吳常這個推論實在可怕到讓潔弟毛骨悚然，但又不得不承認確實很有可能。更重要的是，她立即想起前世德皓在設霧陣時曾經說過，老梅村或是陳家周遭是塊風水寶地。

「會不會德皓就是藏在村裡？」她猜測道。

志剛一聽，當即想到一個可能：「這幾天一直頻頻在老梅村外探頭探腦的人，說不定不只是想毀掉陳府，也有可能是想入村找這個鬼術師德皓。」

「如果是的話，就再好不過。」吳常對志剛說，「那伙人也許會有找鬼術師的方法。乾脆你把人手撤掉，讓對方以為有機可乘。你們再趁他們入村找到德皓以後，甕中捉鱉，順勢揪出幕後主謀。」

「行，不過要等你們找到證物、平安出村以後再來設局。」志剛又說，「但在你們進村之前，至少要讓我知道你們手中掌握到的所有細節吧？」

「當然。」吳常點頭道。

第三章
五宗罪

當晚，吳常便與志剛整理出前前後後五項大案：「陳府滅門斷頭案」、「陳若梅冤死案」、「孫楊通匪叛國案」、「老梅無臉鬼案」和「陳氏孤兒院屠殺案」。

光是這五宗就死了不下百人，且皆行徑歹毒、令人髮指。還不包括方才提到鬼術師德皓利用霧陣煉人、企圖慢性毒死陳若梅的小雀，以及當年在拘留所內自盡的嫌犯——李忠。

其中，志剛最先提起的就是「無臉鬼案」。

「無臉鬼……」他沉吟道，「沒想到〈老梅謠〉裡還真有一塊被遺忘的拼圖……」

在陰間禁丘時，潔弟讀取陳若梅的記憶，才意外得知「老梅傳說」中的「無臉鬼」竟真有其人，而且還是陳若梅失蹤超過一甲子的情人——賴世芳！

當年，世芳的親友都以為他搭遠洋漁船出海捕魚或遠走他鄉打拚，此後不知去向。誰能想到，他不僅被人設計殺害，死後還被毀屍滅跡；先是臉部被毀容以防警方辨識身分，又被裝進汽油桶中扔到海裡。

而世芳因無法實現迎娶若梅的心願，死後便含恨陷入自己的執念之中，至今都還在棄屍原地，也就是老梅槽流連不去。

「等到我們從老梅村裡找到證物，我一定要替若梅幫世芳脫離執念！」潔弟下定決心道。

「陳若梅知道殺賴世芳的兇手是誰嗎？」吳常問道。

「嗯，」她點點頭，「就是當年那群姦污她的碼頭工人。若梅死後馬上就把他們一一殺死了。還有當年殺了陳府全家和屠殺孤兒院孩子的殺手，若梅一個也沒放過。」

「不論是殺手還是工人，應該都只是拿錢辦事……」吳常尋思道，「不過，指使工人姦殺若梅的，真的是陳家人？」

「若梅確實是有聽到工人這麼說……」她不太有把握地說，「可是，到底有什麼理由雇人去殺自己姊妹和她的情人？我實在想不通……」

「你們兩個也太不食人間煙火了吧。我跟你們說啊，自古人為財死，鳥為食亡。」志剛從桌上水果籃中挑出一顆蘋果，又從口袋裡掏出瑞士刀，迅速地削起果皮來。

「上從帝王將相，下到商賈豪紳，」志剛邊說邊揮舞著瑞士刀，「哪家不是明爭暗鬥、爾虞我詐。你們想啊，老當家陳山河還在的時候，陳若梅算是長女耶，又那麼得寵，早早就展現經商才能，被指名是下任當家。要是讓她真結了婚、世芳入贅進了陳家，還不再瓜分一大筆家業？所以我看啊，就是陳家人把賴世芳這個倒楣鬼給除掉的。」

「不——會——吧——」她不可置信道，「就為了這種事殺人？」

「懷疑啊？勝者贏的未必是錢，但敗者輸的往往都是命啊！」志剛俐落地切下幾片蘋果塞進嘴裡，「妳這小妞不知道就算了，糯米腸你辦過那麼多案子還猜不到？真是遜斃了！」

吳常不以為忤，又追問道：「那到底是哪個陳家人買兇殺陳若梅？」

「會不會是長子若松啊？」她猜道，「因為忌憚若梅之後真的會接掌當家的職位？」

「『同仇敵愾』聽過嗎？」志剛又吃了一片蘋果，一副老奸巨猾地說，「聯合次要敵人，摧毀主要敵人，這是兵家常用的伎倆。商場如戰場，陳家人不用這招我才覺得奇怪。」

潔弟還是想不太明白，只是憤慨地說：「那也沒必要殺若梅啊！」

「都經歷這麼多事了，還長不出心眼？」志剛嘲笑她道：「這點犯案動機都看不出來？陳若梅在發瘋之前，不是出了名的精明能幹、倔強剛烈嗎？妳想想，要是讓陳若梅之後發現，賴世芳是被她家人派人殺害，她有可能會放過他們嗎？要是我是她兄弟姊妹，一定會先下手為強。」

「這就難怪了……」她這才恍然大悟，有些失神地喃喃道，「那個時候，有個工人要若梅，要怪就怪她兄弟姊妹太狠……」

「不知道還找不找得到遺體。」吳常沉思道。

「對耶，如果找到那個汽油桶的話，說不定屍體還在裡面！」她興奮地說，「這樣就有機會安葬世芳了！」

「那你們自己去瞎忙吧！」志剛邊吃蘋果，邊含糊不清地說，「殺賴世芳的工人已經死了，買兇殺人的陳家人也都死了，還去找屍體幹嘛？麻煩還不夠多喔！神經病！」

「你怎麼這樣講！世芳是若梅的情人耶！」潔弟生氣地指責道。

「是她姘頭也不甘我的事！賴世芳勉強算是妳前世的姊夫，又不是我的誰！」志剛沒好氣地說，「我連我爸、我爺爺的清白都還討不回來，誰管他啊！」

「不行！我們通通都要管！」潔弟叉腰嚷嚷道。

「瘋婆子！」志剛腦子一轉，又道，「說到這個，陳若梅也真是斷掌命硬耶，被人姦殺不成、被人毒殺不成，到最後硬是被槍斃了才死。幹，那這樣斷掌超威的好不好！以後警察不只要有身高限制，還要有斷掌限制！」

「離題了，回到案情上。」吳常將話題導正，「殺死陳若梅、孫無忌和楊正的兇手是同一人或同伙。陳若梅生前矢口否認殺人，在罪證不足之下，卻被作為代罪羔羊，立即就被強行槍決。連同承辦的孫無忌和楊正，也當場被滅口。行刑者明顯可以任意出入看守所，行徑又這麼乖張大膽。他或他們的身分，志剛你一點頭緒都沒有嗎？」

志剛長嘆一聲，神情立轉落寞：「當然有。只不過我沒有關鍵證據。」

雖然潔弟在陰間時，有看到陳若梅報復殺手的片段記憶，可是都只看到畫面，也不知道那些殺手到底是誰、是什麼來歷。只能憑直覺亂猜測。

「啊！是不是就是那個接手楊正工作的檢座——沈懷文？還是更高一層的檢總？」潔弟說。

「不對，檢察官沒有配槍。」吳常道，「不過，從密件公文函可以看出沈懷文跟檢總雖不是主謀、槍手，可是確實都參與其中。再說，妳忽略了當年張芷從看守所所員那詢問到的細節。早在沈懷文和法警押送陳若梅到刑場前，已經有一批人先到了。我認為，沈懷文的工作有二。一是逼槍手之一的李忠自盡，二就是帶陳若梅到刑場與那批人會合，將她交給對方處決。」

「吼唷，到底那些人是誰啊！」她懊惱地說。總覺得自己就算想破頭也還是不得其解。

「槍殺陳若梅、孫無忌和楊正的行刑者雖然未必就是斷頭案的殺手，但我認為，」吳常推測道，「兩方很有可能是有關聯的。至少，是相同出身。」

「你已經有些眉目了。」志剛鼓勵道，「接著說下去。」

「楊正對於斷頭案殺手的側寫十分準確，可惜不夠深究。兩方殺手背景不是警就是軍，後者的可能性又更大。而李忠在當礦工之前，很有可能就是軍人。戰後卸甲歸田，才去從事採礦這類的勞力工作。同夥的殺手可能也跟他一樣。」

「該不會都當過軍人，而且也都曾經是礦工吧！」她驚訝地說。

吳常點點頭，又說：「陳家二少爺——陳若竹負責的產業之一就是採礦。根據當時助手阿杉的陳述，斷頭案發生的前幾個月礦坑崩塌。」

「對耶！」她驚道。聽吳常這麼一說，她才想起這件事，「那麼，那些活下來的礦工不就暫時沒坑可以挖了？」

「如果其他礦坑開採人力需求不高的話，那些礦工就會失業。為了生存，就容易在有利可圖的情況下鋌而走險。」吳常一邊推論，一邊眼神凌厲地看向志剛，似乎在等待他證實什麼。

「而有能力調度軍人，並且找上曾經是軍人的李忠的人，」志剛好像有些顧慮，不太情願地說出想法，「最有可能的就是軍官。李忠很可能在戰時曾經是那位軍官的下屬。」

潔弟的記憶仍保有前世小環的部分，出於自覺，她立刻就脫口而出說：「該不會是三少奶奶家吧？」

「謝家。」吳常和志剛異口同聲地點頭說道。

「啊！所以……中間這麼多黑幕……」她震驚到有些愣住，連話都說不好，「都是因為……官官相護嗎？」

「不然咧？」志剛苦笑道，「不然妳以為我為什麼一直阻止你們查案？」

一揭開掩住真相的面紗，看到裡頭隱藏的醜陋人性，潔弟頓時感到一陣惡寒，下意識地環抱住自己：「滅門的主謀就是謝家，指使殺若梅、楊正、孫無忌的也是謝家……太可怕了……該不會殺死孤兒院上下的殺手也都是同一伙人吧？」

「不對。」志剛否定，「『孤兒院屠殺案』與『斷頭案』中間相差超過三十五年，犯下斷頭案的殺手最少也要三十歲，過了三十五年都已經六十五了，不可能有能力再作案。」

「再說，孤兒院的童魂對於殺手的描述是年輕成年男子。」吳常補充道，「很有可能斷頭案發生時，他們都還沒出生。還有，兩案相隔三十五年以來，軍警體系有很大的變動，不可能再像斷頭案時那樣目無王法、私下處刑。應該像是我們進村時遇到的傭兵一樣，當年也是聘雇外籍傭兵執行孤兒院屠殺行動。我們在陳府找到當年殺手屠殺孤兒的凶器，5.5.6 NATO子彈彈殼跟彈頭，後續可以交給鑑識組做槍枝來源比對。」

吳常頓了一下又對志剛說：「主導這場屠殺的也是謝家吧。」

「我是這麼認為。」志剛悶悶地回應，「但沒有確切證據。」

「說到證據，」吳常轉頭看向潔弟，「妳說的證物在哪裡？」

「對啊，哪來什麼證物？」志剛接著說，「當年我爺爺和孫無忌調查的時候，應該都已經把陳府翻遍了吧。」他神情與吳常一樣，也是滿臉疑竇。

不等潔弟說話，吳常便先想到了什麼，陡地一震問她說：「難道凶器還在！」

「嗯。」她點點頭：「那是我們最後的希望！」

第四章
其疾如風

黑茜與路易一從醫院回到金沙渡假村內的飯店套房中，便立即發起網路視訊會議，對話方是一名年約六十出頭，梳著金髮油頭、戴著眼鏡，看來沉穩內斂的碧眼男子。

「老闆，這麼突然聯繫我，是又有什麼要我洩漏出去的嗎？」男人以法文問道。

「對。」黑茜同樣以法文說道，「貝爾納，我要你放出消息，說黑維埃公司正打算『贊助』幾位季青島的關鍵官員，以換取一筆軍購案。名單晚點路易會提供給你，加解密的方式照舊。」

「好，沒問題。只不過，唉……」貝爾納嘆了口氣，摘下眼鏡，捏了捏山根，「我年紀也大了，商業間諜這樣的任務對我來說太刺激了，心臟受不了的，實在沒辦法長久下去。妳還是盡快找人來接手我的位置吧。」

「快了。就如同我們先前約定好的，半年之內，一定讓你辭職。」黑茜安撫道。

視訊會議一結束，黑茜轉頭便問路易：「貝爾納在馬丁公司做得如何？有引起懷疑嗎？」

「沒有。」路易忍不住笑出聲，「看不出來這老傢伙還是個有潛力的演技派。也不知道妳當初是怎麼挑的，我們公司這麼多法務，偏偏就選了個最老的。」

「老才有說服力。」黑茜面無表情地說。

她日前在瑞士總部與政府官員──艾瑪，和敵對的馬丁公司新任CEO──史提芬會晤時，史提芬曾將馬丁公司不顧信譽，硬搶黑維埃公司訂單的責任推給黑維埃公司的法務身上。

為了干擾馬丁公司的重大決策，黑茜在會議結束當天便將計就計，佯裝在盛怒之下，將公司的資深法務──貝爾納給開除，暗地裡要他進馬丁公司做商業間諜。

果然貝爾納被開除不到一星期，馬丁公司就找上門來，名義上聘他作法律顧問，其實就是想從中獲取黑維埃內部的商業機密。

而貝爾納也假裝對黑維埃公司懷著恨意，並且對即時伸出援手的馬丁公司甚為感激，屢屢將黑維埃公司暗中提供的消息，爆料給馬丁公司。

這些機密都是三分真、五分假、兩分模稜兩可，是以馬丁公司至今都還不疑有他，反而對於貝爾納深信不疑。

黑茜飛快地在筆電上敲出幾個人名，上頭全是季青島的重要政府官員。

路易已與黑茜建立某種程度的工作默契，一看到她放下手，背後靠辦公椅，就知道名單打完了。立即彎腰看向螢幕，視線掃過一眼，便記住所有人名。

「可以了。」路易話語一落，黑茜立刻刪除剛才打的字。

「貝爾納好用歸好用，」路易隨即收起笑容，正色道，「可是萬一被馬丁公司識破怎麼辦？」

黑茜沒有直接回答，吩咐路易道：「我要你現在在巴拿馬建立幾個人頭公司，作洗錢的白手套。」

路易腦筋有些轉不過來，忙問：「妳真的要『贊助』那些官員？我以為妳只是要騙馬丁公司燒錢贊助更大筆金額給他們而已。」

黑茜賞路易一記白眼，不耐煩地說：「要演就要演全套。我就是要馬丁公司去試探一下。」

路易一聽，這才茅塞頓開：原來這些動作不只是要消耗馬丁公司的現金流，還要旁敲側擊出，誰最有可能是當年冤案的幕後主使人。

不過新的疑問來了，路易又問：「妳怎麼知道拿錢的就是幕後主使人？」

「如果這個主謀身分真的如我所料，那他確實是個人才，不可能坐以待斃，一定會有所行動。譬如，在短期內想方設法取得老梅村的土地和地上建物所有權。」

「喔，如果要大量收購土地，」路易推論道，「就需要鉅額現金才能做到。」

「雖然你浪費了我那麼多的時間，」黑茜諷刺道，「我還是很欣慰你終究證明了自己屬於現代智人這個物種。」

路易早就習慣黑茜的冷嘲熱諷，聽她這麼說也只是假裝生氣地怒瞪一眼，她則回以一抹淡淡的笑容。

輕啜了一口黑咖啡，黑茜又對路易說：「現在就先聯繫我的財務管理公司，準備好現金。」

「那萬一幕後主使人也跟我們競標怎麼辦？」路易追問。

「那正合我意，」黑茜氣定神閒地說，「我就是要逼他出手。」

＊＊＊

還陽之後，路易安排吳常和潔弟做了一系列的全身檢查，除了營養不良以外，沒什麼大礙，住院觀察三天就出院了。

潔弟爸媽帶著哥哥出國玩，吳常為了著手準備與她再次入村，又視速食為洪水猛獸，怕她一個人在家會亂吃東西，就叫她跟他一起回飯店休養。

潔弟當然是樂得連連點頭，恨不得再白吃白喝個十天半個月。倒是志剛和小智因為工作繁忙，從他們出院至今都沒來吳常這蹭過一頓飯。

而黑茜與吳常雖互動親暱，兩人也明明都住在金沙大飯店，卻不是住在同一間，而是和路易一起住隔壁的P08套房。

潔弟心裡覺得很奇怪，就趁四人一起在吳常套房內的餐廳吃早餐時，問黑茜道：「那個，妳跟吳常為什麼不是睡同一間房啊？」

黑茜冷若冰霜地斜睨了吳常一眼，他立刻心領神會，一臉無辜地說：「我說過，我睡習慣這間了。」

潔弟不太懂得他們眉來眼去是什麼意思，又問：「那黑茜妳搬過來跟吳常睡不就得了？」

「兩個人睡一間也太擠了吧。」黑茜白了她一眼。

「那妳可以睡我這間客房啊。」潔弟提議道。

「那間客房小的跟廁所一樣。而且我才不睡社會底層老百姓睡過的房間。」黑茜神色泰若地說，看不出任何情緒。

「茜！」吳常眼神凌厲地瞪著她。

「實話實說而已。」黑茜迎向吳常的視線，擺出一臉「你奈我何」的表情，繼續享用她的黑松露骰子牛沙拉。

「妳別在意，」路易連忙打圓場，幫潔弟倒茶，「她講話毒歸毒，沒什麼惡意。」

雖然黑茜講話是夾刀帶棍的，可是潔弟聽出端倪，當下只竊喜在心：天底下哪有情侶會嫌閨房太小而分居二室的啊！他們現在一定還沒正式復合！那我到底應該要成人之美，還是乾脆狠下心，橫刀奪愛呢？

潔弟邊想邊打量著吃相優雅的黑茜，心想：我是女人都覺得她美。生的眼睛是眼睛、鼻子是鼻子；身型雖然比較嬌小，可是胸部比我大。她跟吳常兩人處在一起就像是好萊塢電影畫面一樣，怎麼看都唯美。

她邊咬著叉子邊不甘心地想：唉，媽，妳怎麼不把我生得漂亮點！女兒我現在輸慘啦！

「潔弟，」吳常打斷她的思緒，「妳在想什麼？」

「啊、啊？」她立刻回過神，對他說道，「喔喔，沒什麼啊。在想要進村的事。」

吳常正要說什麼，志剛就先衝進套房內的餐廳，還沒坐下就急著先開口：「你們今晚就得入村！我突然接到上頭指示，要去支援一起『捷運炸彈案』。我已經盡量往後壓了，最多只能顧老梅村到後天中午。」

「怎麼那麼巧啊！」潔弟訝異地說，「什麼事都剛好卡在一起。」

「對方開始動作了。」吳常沉思道，「看來比我們預期還要快。」

「啊！」她又是一陣錯愕地說，「所以是有人故意調虎離山，把志剛的人手引開的嗎？」

「還懷疑啊？」志剛有些心浮氣躁地說，「小妞啊，我看妳還是老老實實當導遊、帶團吧，晚上我帶傭兵一起進村找證物。」

「不行，你絕對不能輕舉妄動。」吳常說，「你一進村，我們的行動一定會曝光。」

「等等，不是說後天中午才要撤走人手嗎？那不是還有兩天嗎？為什麼一定要今晚啊？」潔弟不解地說。

「其疾如風。」黑茜道。

「沒錯。《孫子兵法》的〈軍爭篇〉提到的，」吳常向潔弟解釋，「就是用兵之際，行軍時要快如疾風，迅速而無跡。對手快，我們就得比他們更快，甚至比他們預測我們行動的速度還要快。潔弟，妳待會吃飽就開始準備。不等入夜，中午前就進村，明天天亮前出村。」

「路易，確保潔弟和傭兵要的東西都帶上了。」黑茜命令道。

潔弟正要說謝謝，黑茜又開口：「還有，給我盯著吳常，不准他離開房間。他這傢伙什麼不會，就會耍把戲。」

第五章
三探

吃完早餐，潔弟立即將必備的東西都塞進背包，跟著路易到地下停車場與傭兵們會合。有幾位先到的正在一台黑色大廂型車裡著裝、準備。雖然穿著略有不同，不過都是一身黑的戰鬥服。

彼得、小劉、雷歐、金和凱，這五位傭兵分別來自世界各地，彼此之間主要以英文溝通，只會講幾句簡單的中文。此行就是他們陪潔弟去老梅村。

她之前都沒看過他們，也不知道他們的真實姓名，只知道他們在此次行動中的個別代號。非但如此，聽路易說，他們真正的長相也與現在戴上的矽膠面具完全判若兩人。

早上十點半，他們六人就共乘三台黑色重機出發前往老梅村。

若像之前一樣，從濱海公路切進村內東西向大路，那一定會被「梅不老」等一排店家注意到。這次為了避人耳目，他們依照吳常的計劃，刻意繞一段路，從村側方的入口進村，再走南北向田埂到四合院聚落。

原本被迷霧籠罩的地方長年寸草不生，霧散不過數日，田野間和聚落裡的石板路間隙便爭先恐後地冒出許多生命力頑強的野草。怪就怪在這些野草全都像是被烈火焚過似的，不是乾枯發黃，而是轉為焦黑欲裂，好像隨手一捏都會化為碳粉的樣子。

潔弟察覺這異象的同時，天空忽地流雲湧動，快速朝老梅村上方匯聚，不消多時便烏雲蔽日，雲層之中不時閃現悶雷，黑雲厚得像是隨時都會降下大雨。

此時接近正午，村內四周卻頓時暗無天光，且空氣中還帶有涼意，如午夜時分。然而，她看村外遠方還是晴朗藍天，與他們這裡涇渭分明，猶如處於兩個不同的世界。

如此異象更令她感到不安，忍不住往壞處想：該不會又是那個醜不拉嘰的德皓在這邊興風作浪吧？他是不是還有能力施法啊？

總覺得他像吳常說的，就在老梅村裡。可是又不知道他在哪裡，也不知道他到底還想施什麼陰謀詭計。

眼下天色突然轉暗，載她的凱處變不驚，立即開啟車頭大燈，繼續帶頭往陳府的方向奔馳。

凱是這次的行動隊長，是個身材高大、安靜沉默的華裔美國人。一路上沒聽他開口講過半個字，就連出發的時候也只聽他說過「坐我的車」這句。

潔弟心想：這樣也好，我現在心情七上八下的，一點也不想跟任何人講話。

少了迷霧阻攔，又有重機代步，他們這回比徒步快上許多。沒多久六人便進到四合院聚落，長驅直入來到陳府大院的北門，也就是後門。

潔弟拿下安全帽，凱就從重機上的行李側箱中，拿出 iACH 戰術頭盔遞給她。

「吼唷，我不要戴啦！重得要死！」她嫌棄地把它推開。

「戴上。」凱以英文說道。接著像是想到了什麼禮儀問題，又補充了一個字，「請。」

他因為戴矽膠面具的關係，講話的時候，臉部顯得有些僵硬、不自然。
「為什麼我就不能跟你們一樣，戴帥帥的夜視鏡？」她爭取道。
「妳戴了也不會帥。」凱不容她拒絕，這次直接將頭盔戴到她頭上。
「哼，跩個屁啊，」她低聲用中文罵他，「死老外。」
凱沒答聲，但臉上一邊的肌肉突然抽動了一下。
咦，怎麼有反應？他該不會聽得懂我在說什麼吧？潔弟心裡疑道。
「凱，你手機能用嗎？」他們後方的彼得走來，以英文問道，「我和雷歐的都沒訊號。」
「我們的也都不行。」車與彼得並排的金，也以手指比了比自己和小劉。
凱低頭測試幾秒，便說：「通訊中斷了。」
「又中斷！」潔弟著急地搔頭，「煩死了！明明就沒霧，怎麼會訊號又斷了呢？」
「似乎跟它們有關係。」凱抬頭指向上空的厚厚烏雲，「一開始進村的時候，GPS還能用。天空轉陰之後，GPS就收不到訊號了。」
「唉，沒跟志剛回報狀況，等下出村的時候，一定又要被他念一頓。」潔弟說。
不過現在煩惱這個也沒用，還是趕快辦完正事、趕快出村，省得夜長夢多。她心想。
「算了算了，」她說，「那我們開始吧。」
之前一番驚險經歷再次襲向心頭，潔弟想起孤兒院裡的孩子們和老師，心裡猜道：霧陣已經被我毀了，院裡的孩子和老師應該都已經到地府報到了吧？就不知道那個阿明是不是還陰魂不散地在小環房裡亂翻亂找。

她望向烏雲密佈之下的陳府深院，這才注意到絲絲陰氣仍從那堵深色高聳圍牆裡散發出來！

她人站在府外都還能感應到。裡頭不是藏著什麼怨氣極重的厲鬼，就是納有為數大量的鬼魂。

「祂們該不會還在裡面吧？」她正在錯愕之際，腳下竟倏地一陣地動。

五位傭兵也感受到了，俄羅斯人彼得立即舉起衝鋒槍戒備，率先出聲：「怎麼回事？地在跳？」口氣很是困惑。

「小心！」南越的小劉猜測道，「好像是地震。」

「什麼？」法國人雷歐，愣了一下才道，「原來這就是地震！」

「我什麼都沒感覺到。」來自北韓的金說。

「這不是地震。」與金一樣站在北門口台階的凱指著面前一塊土地，「震動的只有你們腳下這塊地。」

所有人的手電筒燈光同時照亮北門外的土地。原本深如墨一般的土壤，在燈光下顯現出原來的赭色，地上的土石都在微微上下彈跳，彷彿底下有隻冬眠已久的龐然地牛正在醒轉。

「你們先進去查看是否安全。」凱命令完，又將潔弟拉上台階。

四位傭兵點頭將手電筒關閉，戴上夜視鏡，立即互相閃身掩護進府，動作熟練俐落，配合得默契十足。

接下來的幾十秒，這塊土地的沙子都還在持續跳動。潔弟越看越覺得詭異，不知道到底為什麼會有這種古怪的現象。

不到一分鐘，金就從門扉探出頭道：「後院、平房安全。其他地方還在巡查。」

與此同時，村子南方不遠處突然傳來一陣轟隆隆的引擎低鳴，就像是他們剛才騎的重機一樣，而且聽起來正在接近中。

「嗯？還有人沒來嗎？」潔弟好奇地問。

「沒有。」凱催促她道，「先進屋。」

「喔。」她立即跟著關掉手電筒，開啟頭盔的夜視功能。

一與她入府，凱便轉身將北門掩實鎖上，馬上又要其他傭兵把府內所有門上鎖，並派彼得守南邊的正門、金看北門、小劉站東門、雷歐顧西門，凱自己則在她旁邊保護。

府內死氣沉沉、萬籟俱寂，她與凱繞過後廂房，進到後院，一個鬼影都沒看到，連一聲孩子們嘻笑打鬧的聲響也沒有，當下又再次感到事有蹊蹺。

＊＊＊

不久前，金沙大飯店的P07套房內，保鑣應吳常叫喚，從客廳推門進入排練室，問道：

「有什麼事嗎？」

「潔弟他們幾點走？」吳常邊問邊披上米色西裝外套，將伸縮魔術棒放進卡其褲外側窄袋裡。

保鑣打電話向路易確認，再將路易的話轉述給吳常聽：「重機已經送到，現在潔弟已經到停車場了，等傭兵一到齊就出發。」

「了解。謝謝。」吳常道。

「不會。」保鑣掛掉電話，低頭將手機放回口袋。

「再見。」吳常輕聲說道。

「啊？」保鑣不解地說。抬頭一看。

不見了！

保鑣原地轉了一圈，排練室裡除了他自己和一堆琳瑯滿目的魔術道具、機關以外，根本沒別人！

半秒前還在眼前的人居然就這麼不見了！

「Shit!」保鑣大罵一聲，立即拔腿衝出排練室。

第六章
危機再臨

潔弟和凱快步從後院繞過北棟屋舍，進入被三棟樓包圍的內院。

院子裡仍是三區分別朝向東、西、北方，看來亂糟糟的露天教室。但是原本在桌椅間跑跳追逐的童魂都不見了。

她正感到納悶，就聽到東棟內傳來一陣尖細的女孩聲：「是有糖的姐姐嗎？」

潔弟立刻轉頭看去，一個綁著雙馬尾、眼窩凹陷如窟窿的女孩正從東棟二樓宿舍的窗戶露出一顆頭，窺探著他們。

潔弟一眼就認出祂，馬上向祂跑去：「大虎！」

「咦！真的是妳！」大虎興奮地叫了一聲，穿牆而出，直朝她飄來。

身旁的凱眼神茫然。看他的反應動作，應該也與吳常當日一樣，聽得到聲音，卻看不到人影。

大虎抓住潔弟的手，好奇地看了看凱幾眼，問道：「他是誰啊？剛才也有三個人進來，看起來就是壞人。」

「喔他們都是我朋友，跟我一起來的。祢不用怕。」潔弟安撫道。

「真的嗎？可是我一看到剛才那三個人，就全身不舒服。」大虎想了想，「他們三個跟那天闖進來攻擊你們的人一樣。這個大概就是佳佳老師說的戾氣吧。對了，」大虎東張西望地說，「那個很好看的哥哥呢？」

呢？」

「他沒來啦。」潔弟忙問大虎，「祢們怎麼還在這裡？」

「不在這，要在哪啊？」大虎頭歪向一邊，疑惑地問她。

「呃……」她一時不知該怎麼讓大虎明白她的意思，又問，「那雯雯、小惠、佳佳祂們們太皮了，老師就不要我們了？」

大虎低頭皺眉，聲音悶悶道：「祂們三個都不見了……」祂抬頭看向潔弟，「是不是我們太皮了，老師就不要我們了？」

「怎麼可能啦！」潔弟直覺這當中一定有什麼隱情，便喃喃道，「到底我們離開之後，發生了什麼事啊？」

「你們走了之後，又有一群人進來。有一個乾巴巴的老人，講話聲音很難聽，看起來好可怕！我們一看到他，就躲得遠遠的。一直到他們離開，我們才敢跑出來。」大虎邊說邊握緊拳頭，神色緊張，「可是老師祂們就不見了。只剩下阿明老師。」

「那個老人，他的衣服是不是有帽子？然後手上拿著蠟燭？」潔弟追問道。

「對！」大虎驚道，「妳認識他？」

潔弟心裡暗叫不好：是鬼術師德皓！是不是他對那幾個老師做了什麼？

「大虎！那個老人是大壞蛋！」她提醒道，「祢快去跟大家說，要是再看到其他不認識的人進來，一定要躲好！知道嗎！」

「大虎！阿姨叫祢進去！」一個無耳的小男孩也跟著現身，站在東棟一樓，一扇中間有著蝙蝠浮雕式樣的老鐵門邊。

「為什麼？反正現在也沒事啦，他們又不是壞人。」大虎仍拉著潔弟的手說。

「小虎。」潔弟喚道。

「咦！是妳！」小虎一看到她，就伸手向她討糖果吃，「還有糖嗎？」

潔弟正要笑小虎貪吃，凱突然要他們噤聲。他指了指陳府南方的大門。

仔細一聽，剛才遠方的引擎悶響一轉眼就來到大門外。沒幾秒就傳來「碰」一聲巨響，看來是直接把門鎖給轟掉了！

彼得沒事吧？唉這到底是怎麼回事啊？志剛他們不是隨時盯著村外四周嗎？怎麼還會讓人跑進來？潔弟不解地想。

「噠噠噠噠噠——」緊接著一連串槍響，高牆上閃現一簇簇光亮，門口陷入激烈槍戰。

凱立刻拉著潔弟衝進就近的東棟樓裡。大虎、小虎也察覺情勢不對，緊跟在他們身後進屋。

＊＊＊

地府大殿之中，氣氛嚴峻壓抑，高堂上的司官們皆戰戰兢兢、不發一語；高堂下方，站在紅毯兩邊的武將、小差們則個個提心吊膽，就怕一個不小心自己就被閻羅王的怒氣給掃飛出去。

紅毯之上，將紅袍兵部判官帶至五殿的戟長據實稟報忘川河畔情形，而紅袍判官則站在閻羅王跟前，低頭不語。

閻羅王聽得是一頭霧水，又不願未審先罰，便問兵部判官：「卿如此作為，究竟是何用意？」

紅袍判官不想有所欺瞞，便立刻悉數從實招來。

閻羅王一聽，登時龍顏大怒，王冕珠簾一晃，拍桌大喝：「大膽！」祂不再稱呼紅袍判官為「卿」，轉而直呼「祢」：「為了區區幾件陽間冤案，祢竟毀了忘川河畔！若不是此番無亡者受傷，本王定立刻將祢發落刀山地獄！」

石階下方的小差們被閻羅王怒氣這麼一掃，立即如飛沙走石般，猛地飛了出去，落地之後個個痛得哀嚎不停。

「冤枉就是冤枉！就是不公不義！為何要分陰陽兩界！」紅袍判官激動地說，「若非大王抹去臣等記憶，臣早就——」

「荒唐！」閻羅王打斷祂的話，倏地站起，王冕直抵大殿木樑。

高堂上，眾司官見閻羅王起身，也跟著站起，但身型遠不如閻羅王那般威武高大，個頭都還不到閻羅王腰際。

「匹夫啊匹夫！」閻羅王罵道，「祢出任陰曹要職，怎能魯莽如一介草寇！本王一而再、再而三地提點祢們，陰陽兩不相犯。縱使祢今日插手相助又如何，難道就真能沉冤得雪？哼，明知故犯、知其不可為而為之，干擾因果業報運行！祢該當何罪！」

「若是可為呢？」藍袍陰陽司判官忽地出現在殿門外，快步走上大殿，站在紅袍判官身邊，雙手抱拳，「稟大王，臣也有一事要報。」

「兄弟！」紅袍判官使眼色要藍袍判官別插手，以免惹禍上身。

閻羅王正在氣頭上，便不耐煩地擺擺手，准藍袍判官稟報。

豈料藍袍判官竟也全盤托出自己協助陳小環用三生石查看前世淵源；以及私自使用陰曹庫房之寶物，助小環返回陽間。

「豈有此理！」閻羅王這下更是氣得七竅生煙，「此舉簡直可笑至極！祢二人此舉，分明是存心要讓本王難受！難道要本王痛失左膀右臂才甘心嗎？」

「臣不敢。」紅袍與藍袍判官齊聲說道。

「哼！」閻羅王怒道，「本王現在就除去祢二人要職，即刻發往孤獨地獄，直至原職任期結束！事到如今，祢們還有何話要說？」

「臣懇請大王，在臣下地獄之前，能讓臣見妻兒最後一面。」紅袍判官懇求。

閻羅王又冷哼一聲，說：「准。」語畢便坐了下來，左右兩旁站著的司官這才跟著入座。

「謝大王。」紅袍判官拱手道。

「臣也有一事相求。」藍袍判官說。

「想必也是想見妻兒吧。」閻羅王道。

藍袍判官搖頭，稟道：「臣斗膽，想請大王讓臣依約轉『運蓮』一回。」

「祢！」閻羅王氣到一時說不出話。

祂才剛坐下，這下又被藍袍判官氣得「嗖」一聲站起來。身旁司官見狀，又立刻跟著閻羅王站起身，不敢逾越君臣之別。

「還不死心！還心心念念惦記著那個陳小環！」閻羅王怒道。

「大王向來一言九鼎，言出必行。」位列閻羅王右邊的紫袍判官，躬身勸道，「陰陽司判官縱使有過，當初大王允諾之事，也仍應守信啊。」

閻羅王拂袖而坐，雖是滿面怒容，卻不再大聲責罵。半晌之後，才嘆了一口氣，說道：「准。」

「謝大王。」藍袍判官拱手道。

「等等，方才陰陽司判官一番話，大王還未指教呢。」坐閻羅王左方的靛青袍判官說：「若是『可為』呢？若是陳小環真能為故人洗刷冤屈呢？」

「癡人說夢。」閻羅王怒氣已平息下來，此時僅面有不悅道，「若真如此，本王高興都還來不及！不僅祂們倆從輕發落，本王更將大赦九泉！」

「既然如此，陳小環此世尚未亡，成敗也就未定，是否能請大王，先暫緩陰陽司判官與兵部判官之懲處？」坐紫袍判官右邊的橙袍判官也開口說道。

「這……」閻羅王這才意會自己陷入下屬的圈套。一時又是氣惱，又不得不佩服眾判官的機智。

「賞善司判官所言甚是有理。」靛青袍判官看向橙袍判官，又稟閻羅王道，「況且，兩位判官皆身居要職，若即刻下地獄，其原掌理之要務恐怕一時間無合適人選可接手啊。」

「行了！」閻羅王擺擺手，說道，「幾位愛卿言之有理，本王姑且納諫。」

＊＊＊

潔弟、凱與大虎、小虎一進到前幾天曾查看過的食堂中，凱便將潔弟拉到碗櫥旁，比手勢要她蹲下。他自己則藏在她斜對面的長桌下方。

外頭槍戰很快就結束，中間一度回到原本的靜寂，但幾秒之後又接連傳來幾下槍聲。

到底外面怎麼了？來的人是誰？又是殺手？潔弟心裡惶惶不安地想。

對方的腳步又輕又快，直到跨過垂花門，進到內院，才聽到窸窸窣窣的腳步聲。

大虎和小虎兩人趴在窗邊往外看去，將院子裡的情形告訴潔弟和凱。

「喔！有人來了！」小虎說道。

「一、二、三、四·來了四個！」大虎頓了頓又說，「五個！咦，又來了一個！六個！六個人！」

就在這個時候，整棟樓突然劇烈地上下震動，外頭狂風大作，潔弟在室內都能聽到其肆虐而過的咆嘯聲。

她的心像是被揪住似地忽然一緊，總覺得好像有什麼邪惡的東西進到陳府了！

斜對面的凱注意到她的動作，也舉起了槍，嚴正以待。

突然之間，小虎尖叫一聲，大聲嚷嚷道：「妖怪！」

「噓！」大虎要祂別出聲。

「碰！」所有窗戶同時朝內爆開，大量的玻璃碎片猛然飛濺進屋，「哐啷、哐啷」洩了一地。

潔弟下意識以雙臂護住頭部的瞬間，竟看見大虎、小虎兩人同時驚呼一聲往後摔倒！好像有什麼力量打破玻璃的同時，也將兩個孩子往後猛力一推。

潔弟一時忘記祂們已經死了，反射性地要伸手去扶祂們，沒想到這麼一動，卻不小心踩到地上一顆彈殼，發出「喀啷」一聲極細微的輕響。

她斜上方的窗外，立即傳來一陣又重又長的哈氣聲：「呵……」

第七章
第三首歌

那怪異的聲音聽起來很近，就像是從窗邊傳進來一樣。潔弟一聽，渾身立即感到一股莫名的戰慄，不敢抬頭也不敢再輕舉妄動。

大虎摔在凱躲的長桌上，小虎則先是撞到長桌後方的牆上，再重重落在地上。

隨之自窗邊傳來的，是一股令人作噁的濃重臭味；聞起來腐朽、油膩，還帶有一股揮之不去的土腥。潔弟必須摀住嘴、閉住氣，才能壓下想嘔吐的衝動。

「跑……」大虎氣若游絲地說，「快……」

「出來……」窗外有股蒼老嘶啞的聲音說道。

不需抬頭，潔弟一聽就認出他了，心裡直道：德皓！絕對是他！除了他以外，還有誰講話聽起來像是渴了幾百年沒水喝的樣子！

她的心頓時被嚇得漏跳一拍，別說是動了，她連呼吸都不敢太用力。

「咻、咻！」屋外忽然傳來加裝消音器的槍聲，與剛才那種連續射擊的槍聲比起來小聲許多。

「放肆……」德皓語氣不太肯定地說，「你們……不知道我是誰嗎？」

「管你是人是殭屍，今天都得死！」一個聲音中氣十足的男人喊道。

「咻！」又是一聲槍響。

緊接著就是重物撞擊的聲音，伴隨著剛才那個威嚇德皓的男人發出的慘叫：「啊！」

潔弟聽了心裡發涼，不知道外頭到底發生了什麼事。

就在此時，槍聲、風聲，各種擊打撲摔的響聲在上一刻還靜謐的院子中忽地同時發難，時不時夾雜幾聲哀嚎和嘶吼，彷彿外頭那些闖入者正遭受某種劇烈的苦痛，光用聽的都覺得場面混亂血腥。

凱趁機衝過來，一把抓住潔弟往另一邊廚房的方向跑。才剛推開一道木門，進到食物貯藏室，外頭的聲音就戛然而止。

反應極為機警的凱，一察覺到，馬上就拉著潔弟蹲下。他們的背才剛抵著破窗下的牆面，屋外便傳來「咚、咚、咚」幾下響聲，越靠越近。

嗯？這聽起來不像腳步聲啊，是什麼怪聲音啊？潔弟疑惑地想。

不等響聲停，凱便往窗外丟出一枚類似煙霧彈的東西，瞬間散發濁白如漆的濃煙遮掩住窗框兩端。

凱一邊拉著她推開飾有壁虎浮雕的鐵門進到廚房，一邊吹起一支小巧如吊飾的金屬哨子。怪的是她一點哨音都沒聽到。正摸不著頭緒，便有一道人影「咚」一聲閃身來到廚房窗外！

還來不及看清那人模樣，凱就一把將潔弟推向雕有壽桃式樣的老鐵門邊，說道：「快去！我掩護妳！」語畢便舉起衝鋒槍，毫不遲疑地對準窗外的人開火。

「噠噠噠——」院子再度閃起一陣短促的亮光。

潔弟知道情況危急，此時也顧不得凱和大虎、小虎了，立刻奪門而出，沿著南面迴廊狂奔。

院子裡橫豎倒了三個陌生男子，不知是生是死。唯一立著的，是一位站在廚房外頭的人。

他看來十分古怪，身穿破破爛爛的土色粗布衣，打著赤腳。定睛一看，露出衣服外的身體竟全像是被剝了一半的皮似的，隱約看得到裡頭血淋淋的筋肉！身上跟周圍滿地都是沙土，簡直就像是剛死沒多久，從土裡爬出來似的！

潔弟看得全身起雞皮疙瘩，心中一片寒意：德皓找到新的屍體了！

更駭人的是他移動的方式，活生生像是具所有關節都被打散的魁儡，由幾條看不見的線控制，極為詭異、不協調。

那些打進德皓身軀裡的子彈，都像是打進棉絮堆裡的橡皮筋，絲毫奈何不了他。

他中了凱幾彈之後，竟在完全沒屈膝的情況下，身體像是被提起來似地，凌空高高一躍，往南邊迴廊方向閃避開來。

那一跳便頂到天棚，又像羽毛似地又輕又緩地飄落，發出「咚」的一聲落地聲，身形輕盈靈動到「飄逸」的程度，就像是民間傳說中的「飛殭」！

「皮囊……」德皓伸手就迫不及待地朝潔弟撲來，滄桑的嗓音因過度興奮而抖抖顫顫，「我的……」

潔弟被那張駭目的臉嚇得魂不附體，一時像是被人點穴似地僵在原地、動彈不得。

原本站在窗內狙擊的凱，見德皓身影跳到她身邊，立即一把刺刀就朝他擲去。那刺刀跟凱的槍法一樣又快又準，「嗖」地一聲就深深埋進德皓的一側大腿。

「快跑！」凱邊對潔弟喊，邊提腿朝德皓飛踢而去。

她被凱一吼才回過神，後知後覺地大叫一聲，往一排L型廁所後方的南邊迴廊奔跑，經過轉角，藏身在西棟樓與廁所中間，自西面廁所邊緣探出雙眼窺視。

凱的接連拳腳攻擊暫時轉移德皓的注意力，不料德皓挨打了幾下，猛地反手一揮，凱居然就被打飛了出去，與剛才大虎、小虎受衝擊的樣子如出一轍！

德皓僵硬地往西南角的廁所方向轉過來，潔弟趁他眼神掃過來之前，將頭縮到廁所後方。他不知道她已經跑到西面的廁所與大樓中間，仍往南邊廁所後面移動，輕鬆一躍就「咚」地落在迴廊上。

「出來……」沒看見她的德皓語帶威脅地說。

冷汗緩緩從鬢角邊流下來，潔弟很想逃跑，可是怕一動就被發現，只好杵在原地，心裡乾著急。

與此同時，小劉和雷歐分別從東、西門跑進內院，欲助凱一臂之力，牽制住德皓。兩人正要朝德皓開槍，小劉舉槍的手突然一晃，衝鋒槍咔啦墜地。

中彈的小劉驚呼一聲，連槍都來不及撿，便與雷歐身手矯健地閃進院子的教室裡，拿桌椅作為掩護，視線雙雙掃過周圍，尋找隱藏在黑暗中的狙擊手。
雷歐抬手就舉槍射向西棟樓側門，連瞄都不用便一槍解決對方。小劉則三兩下就包紮好傷口，動作非常熟練，掏出另把手槍，立即又與雷歐一起顧盼周遭，尋找其他闖入者。
孩子們剛才說有六個。其中三個應該都是被德皓殺了，一個剛才被雷歐解決，還有兩個！他們在哪？潔弟邊想邊不安地環顧四周。
迴廊上的德皓無視雙方攻防，又好像發現她的藏身之處，正朝她靠近！
潔弟從聲音聽辨起來，他似乎是礙於迴廊屋頂高度的關係，無法以跳的方式前行，像是被人拖行似地發出沙沙聲響，但速度一點也不慢。
她感到手足無措，心裡瘋狂地祈禱著：拜託！老天爺幫幫我吧！
說時遲、那時快，倒在地上的凱一撈到槍，立即又翻身對德皓猛烈開火，又成功地暫時讓德皓停下腳步。
雷歐正想向前幫忙凱，兩名陌生男子忽然從北棟的右門口現身，一邊朝雷歐和小劉藏身的桌椅方向開槍，一邊朝他們快速前進。
雷歐和小劉自然不甘示弱，立即回敬幾槍，院子裡霎時陷入一陣槍林彈雨。
就在這個時候，幾間原本上鎖的廁所門竟同時自己「嘎咿」一聲慢慢打開，像是在邀請著誰進去一樣！
情況如此詭異，潔弟看了也是暗暗心驚。但除了就近廁所的她、德皓和凱三人以外，其他人此時都已是分身乏術、無暇顧及其他。

戰況膠著之際，距離比較遠的金，正從他們剛才入府的北門趕過來。他不僅一進內院就看到躲在西面廁所後方的潔弟，更是一眼就看清院子裡的局勢，立即開槍幫凱轉移德皓的注意力。

潔弟看機不可失，便一咬牙，閃身躲進西面最邊緣那間打開門的廁所，立即將門閂上！

第八章 石成金

潔弟因過於緊張和害怕，而腦袋一片空白，只是不停地喘著氣。外頭仍是槍械打鬥聲不斷。正當她呆愣地盯著廁所門時，左下方突然傳來小孩子又尖細又軟萌的聲音：「妳是那個……有糖的姐姐嗎？」

潔弟緩緩轉過頭，一個留著齊瀏海、妹妹頭，沒有雙臂，看起來不過四、五歲大，身形半透明的小女孩，正偏著頭，用祂那雙空洞的眼窩打量著自己。

她一下子就認出祂了。不只是因為她與吳常上次進陳府的時候，她曾經親手餵祂吃糖，更因為祂是她前世收留的孩子之一。

「珠珠，」潔弟蹲下身，直視著祂，心裡不再帶有一絲恐懼，「祢怎麼還在這？」

「我在幫院長看東西啊！可是不能告訴妳是什麼。」珠珠突然想到了什麼，驚訝地說，「咦？妳怎麼知道我叫什麼名字？」

前世的記憶很快就湧現出來，潔弟感到一陣鼻酸，有些哽咽地對祂說：「珠珠真乖，一直幫我顧著……」

之前潔弟與吳常一起進府找線索的時候，她就一直覺得還缺了一片能將〈木蘭詩〉和〈將進酒〉兩首歌拼成一幅圖的關鍵拼圖片。

當她在陰間前生石上看見過往片段時，才恍然大悟：原來缺的那片拼圖一直都在他們手裡，那就是最一開始聽到老梅村民傳唱的兒歌——〈老梅謠〉！

而〈老梅謠〉歌詞的第三段：「水車水車幾回停？竹筒無泉難為引。明火一亮石成金，夜半哭聲無人影。」指的就是凶器所在之處，也就是位於府上西南方五鬼之地的水池！

小環當年聽從亡魂若梅的話，改建水池時，發現池底西北方邊緣下，有一處將水引至崖壁的地下排水道。而排水道本身是順著岩盤既有的裂縫走向開鑿出來的，水池外觀、邊緣和底部也都是循普通工法石造。所以小環萬萬沒想到，當她舉著火把照看排水口時，小水門會在火光的照耀下，輝映出金屬獨有的熠熠光澤！

她立即想起自己一人初回陳府留宿時，每晚都會聽到的「唰唰唰」九下重擊聲，忽然茅塞頓開，明白為什麼陳家上下九口的屍體都沒有頭顱了。

真正的凶器根本就不是現場找到的那把大刀，而是用來作為斷頭台的小水門！或許是當年的幕後主謀早在建水池時，便策劃好將小水門作為滅口的工具。或者更甚者，整個水池都是為了隱藏這個殺人機具而建，以便藏樹於林！

然而，即便有如此重大且關鍵的發現，小環還是不知道要怎麼向警方證明陳家人是被那個凶器殺死的；更別提是否可以此凶器得知主謀或殺手身分。

更重要的是，她不知道還有哪個警察大人可以相信了。

訴冤無門的小環，想替已遭滅口的若梅、楊正和孫無忌翻案，但又不得其法，只得先按照若梅的吩咐，將水池改建成廁，並在小水門的上方以紅磚將其砌藏起來。

為了後世能遇有緣人翻案，若梅又作〈老梅謠〉，將諸多線索藏於歌詞之中，要小環教孤兒院裡的孩子傳唱。

若說〈老梅謠〉是解開整起滅門血案和無臉鬼案的主體，那麼〈將進酒〉和〈木蘭詩〉就是輔助。

〈老梅謠〉中的「明火一亮石成金。」就是指小環發現小水門的經過。而另一行：「水車水車幾回停？竹筒無泉難為引。」則是指殺手為了要利用池底的機關砍下陳家人的頭，必須要先將水池中的入水閥關閉，並將小水門打開將水排出。等屍體的頭被一一斬下，再將小水門恢復原位，重新開啟入水閥，那麼水池很快就會再度注滿。

小環留下的〈將進酒〉中，「君不見黃河之水天上來，奔流到海不復回。」指的不只是水池中，引自灌溉渠道再經池緣出水口排出海的泉水；也指當年被小水門斬下的頭顱！

小環自盡之後，化為厲鬼的若梅將〈木蘭詩〉留在教室黑板上，便萬念俱灰地離開陳府。歌詞裡特別強調「機杼」，就是指小水門這個機關。而黑板上的若梅字跡之所以與小環相像，正是因為小環小時候臨摹學寫字的對象是若梅。

而藏在廁所中的童魂——珠珠，是唯一一個老梅村出生的孩子。照理來說，祂的魂魄不僅可以跟若梅一樣任意出入陳府，也可以任意進出老梅村，不受霧陣的侵擾。祂至今仍待在陳府的原因，還得從幾十年前說起。

在孤兒院遭血洗屠殺之前，調皮的珠珠在踢廁所紅磚時，無意中發現磚頭縫隙之間有東西在反光。她馬上就跟小環院長說這件事。小環要她保守祕密，千萬不能說出去。

珠珠以為紅磚下藏的是院長的寶貝，便答應院長會好好看著它，不讓任何人發現，還特別用些砂土將縫給補起來。即便死後，珠珠也還是繼續執行院長交待祂的「任務」，所以才一直沒離開陳府。

潔弟輕聲對珠珠說：「我就是陳小環，就是院長。我轉世了。祢懂嗎？」

珠珠皺眉地搖搖頭，嘟起小嘴，很是疑惑的樣子：「妳不是院長，她不是長這樣的。」

潔弟沒時間跟祂解釋那麼多，直接就抽出刺刀插入珠珠當年敲開的縫隙，打算將地上幾塊黏腳的紅磚給撬起。

珠珠在旁邊看了很心急，一直想阻止潔弟。但祂哪是她的對手，她隨手從背心口袋拿出一條巧克力就堵住祂的嘴了。

潔弟原本還擔心這紅磚會砌得太牢固結實，殊不知使勁又戳又撬幾下，就敲開了兩、三塊碎磚。大概是糞坑周圍的地板長年遭污水滲浸，根基早已鬆動所致。

怪不得當年珠珠這小屁孩沒踢兩下，就踢出了一道裂縫。她心裡想道。

拉下面罩，開啟頭燈一照，磚下的小水門雖已嚴重遍生絳色鏽花，但仔細查看，上頭還卡著幾絲碎布！

除了激動和欣慰，更多了一份驕傲，潔弟不得不佩服前世的自己。小環竟然想得到要「繞道而行」。當年她聘僱工人另外挖一小段排水道，將污水繞過水門、再引回原來的末段排水道將排泄物排出海。如此小水門在改建之後，上頭殘留的微量跡證就不會再被水沖刷掉了。

「咦？怎麼外面變得那麼安靜？」珠珠好奇道。

不過幾秒鐘的時間，外頭便已不再有槍聲，也不再有肉搏過招的「磅、磅」摔撞，而是陷入一片懸宕的寂靜。不知是子彈告罄，又或者是持槍的人都已不支倒地。

「我去看看。」珠珠話語未落，魂就先穿牆而出，任由吃剩的幾口巧克力摔落地面。

潔弟也察覺到狀況不對，便將一邊耳朵貼上門板，屏氣傾聽。

「咚！」忽然一下墜地聲傳來。

德皓雙腳落地的聲音聽起來還離自己有段距離，但就不知道凱和另外三人是否已控制住場面。

「快跑啊！」珠珠衝進來，滿臉驚恐地尖叫道，「有妖怪！好可怕！」

「咚！」聲音明顯拉近一大步。

潔弟心跳開始加速，就在預期德皓即將躍出的下一步到來之前，有樣東西猛地重重撞上門板，發出震耳一聲：「磅！」

潔弟嚇得倒抽一口氣，心臟彷彿漏跳一拍，往後跳一大步，差點一腳踩進糞坑！

「呃……」凱在門外悶哼一聲，緩緩倚著門滑落。

原來剛才那聲巨響是凱撞到門上！潔弟心裡大驚。

她不敢再耽誤時間，立刻從背包中拿出證物袋和鑷子，打算能帶多少證物就帶多少。正要伸手夾起離她最近的碎布條時，門外又傳來別的聲音。

「唰——」凱像是被人強行拖走。

她心中警鈴大作：來不及了！

還來不及反應，便先聽到「咚」一聲！

德皓來了！就在門外！

她在心裡無聲地尖叫，身子不自覺地顫抖了起來：怎麼辦、怎麼辦？不行！絕對不可以讓德皓抓到我！他現在要的就是我的肉身，絕對不可以讓他得逞！

就在這危急存亡之際，她忽然心生一計，將撬開的磚頭草草放回原位，把背包放在地上以遮住裂縫。

「祢快跑！」潔弟對珠珠說。

「不要！我要在這裡！」珠珠異常固執地說，「妳陪我啦！」

「不行！我一消失，祢就跟著躲起來！聽話！」

語畢，潔弟立即雙手結印，腳往後一退，進入陰間！

＊＊＊

懸浮於九泉之上的陰曹森羅殿中，林立木柱皆有兩人環抱之粗，飄浮於空中的紅燈籠雖燭火盈盈，卻帶有陰森肅穆的氛圍。

地上紅毯如張嘴巨蟒的舌信，向內延伸幾十公尺，盡頭深處左右兩旁站立一排頭頂尖角、面相駭人，手持各種刑具的陰吏鬼差，由牛頭馬面與黑白無常各自領頭。

石階之下，吳常臉的陰陽司判官與柴犬頭兵部判官正並肩站在紅毯中央。

高堂之上，一位身形極為高大魁梧，著頭冠、龍袍的男子坐中間高位，左右兩排則是同樣坐在桌後的判官，每位官袍顏色、樣式各異。這些潔弟都似曾相識，因為前世小環也曾求見閻羅王過。

現在唯一不同的是，祂們全都瞠目結舌地盯著憑空出現的自己看。

「大膽陳小環！」閻羅王一開口，便令整個大殿都隨之震動，「陰曹地府豈可任由生人進出！」

閻羅王低沉懾人的聲音傳進她耳裡就像是猛獅咆哮一般，被祂這麼一吼，她登時覺得有一半的魂魄出竅了。

足足愣了兩秒，她才回過神，連忙衝向閻羅王求救：「救、救命啊！」

還沒踩上台階，就先被牛頭馬面的三叉戟和長柄大刀給攔下來。

「休得放肆！」牛頭喝道。

潔弟也懶得跟祂廢話，劈頭就先大聲罵道：「還不都是祢們辦事不牢靠！」

「小娃再口出狂言，老夫定掌你嘴！」馬面手持長柄大刀指著她鼻子說道。

「本來就是嘛！」她挺胸叉腰道，「要不是祢們一直不抓那個活了幾百年的老妖怪、任憑他在陽間作亂，我又何必逃來陰間求救？」

「此話當真？」藍袍陰陽司判官問她。

「那當然啊！」她見機不可失，直接就劈哩啪啦地將鬼術師德皓吞服續命丹後，不停轉換肉體寄生，橫行人間、為非作歹等諸多惡行，告訴在場所有官吏，再順便加油添醋一番。

「欸，不是我講話浮誇啊，德皓他那個……人不人、鬼不鬼的殭屍簡直就是人渣啊！什麼殺人放火、姦淫擄掠通通都幹！要是再讓他搶了我的肉身，一下子威力大增，那不只是陽間生靈塗炭而已，恐怕到時候就連閻羅王、玉皇大帝，他也不放在眼裡！」

第九章 森羅殿

「陽間真有此等荒唐之事？」紅袍兵部判官跟著問道。

「呃……姦淫擄掠，我是不太確定啦，」潔弟有些心虛地說，「但是他真的有殺人、下蠱，還有施些邪門歪道的害人法術！」

「妖言惑眾！擅闖陰間宮闕者，罪該萬死！」牛頭指揮一旁持縛魂鍊的小差道，「來人啊，將她押下候審。」

那披頭散髮、惡鬼相貌的陰差，立即舉手甩了幾下縛魂鍊，朝潔弟拋來。那鐵鍊像是有意識似地，竟自行捆了她好幾圈，將她紮紮實實地五花大綁起來！

「一派胡言。」閻羅王悶哼一聲，又道，「本王看妳是活得不耐煩了。此趟自己送上門來，就休想回去！」

「沒錯！」馬面趁勢罵道，「好妳個陳小環！這陰曹豈是妳說來就來、說走就走的客棧！」

「且慢！」藍袍判官不知從哪拿出一大本比電話簿還厚的書，快速翻閱一瞥，說道，「稟大王，生死簿中，陳德皓壽辰已過將近百年，可至今仍未到地府報到啊。」

「如此也不能證明陳小環所言為真。」黑無常開口說道，「陽間遊魂不知凡幾，多是流連塵世罷了。來人，將她帶走！」

「慢！」藍袍判官攔住小差的手，忙道，「是非真假，讓『業鏡』一照便知，諸位又何須多費唇舌、爭吵不休？」

「陰陽司判官所言有理。」身著橙袍的賞善司判官打躬作揖道，「正所謂無事不登三寶殿。我看這娃兒身無濁氣，絕非惡人，擅闖陰間也許真是情有可原。大王何不以業鏡試之？」

「好，」閻羅王撫烏鬚道，「本王倒要看看，那鬼術師德皓是何方神聖。」

紅毯右側七、八個小差馬上左右散開，露出後方掛著的一大張光滑紫緞，上頭以金絲繡出黃泉路的沿路景色，看來富麗之中，又帶有一絲蕭瑟淒涼。

一個舉長槍的小差將紫緞往後一揭，一面足足兩米長寬、光可鑑人的雕龍銅鏡立即在宮燈的光輝下，閃起粼粼波光，宛如夕陽下的海浪。

「這是什麼啊？」潔弟問吳常臉藍袍判官。

「這就是業鏡。一個人一輩子的所見所聞、所作所為皆會顯影於鏡中。」藍袍判官回答。

她一聽立即心虛了起來：哎呀糟糕！要是讓大家發現我是個坑錢的導遊，那多不好意思！

「那個，」她連忙說道，「時間緊迫，你們還是挑重點看吧！」

一名陰差一將她推到銅鏡前，紫袍掌奏判官就開始對銅鏡說話：「萬般因由，無所遁藏。鏡兒，方才諸位之言，你自然聽得清楚。快快顯像吧。」

銅鏡還真的聽得懂判官的話，立即散發出一陣柔和如午後暖陽般的金光，接著便顯現出潔弟記憶中，所有陳德皓的影像，就連前世陳小環死前的幾幕也沒漏掉。

＊＊＊

陳府內院的露天教室中，各種各樣作為桌椅的回收廢棄物成了雷歐和小劉的最佳掩護。

然而，兩名殺手身手矯健，射擊又奇準，與雷歐不相上下，好幾次雷歐和小劉都差點在探出頭時，被對方子彈射中。雙方你來我往，四人手腳多少都被流彈波及，一時之間卻又都拿不下對方。

眼見兩名殺手步步逼近，雷歐冒險一個前滾翻閃身藏到以工地棧板拼接成的桌子後方，殺手子彈緊跟其後，「咻、咻、咻」掃過地板。

小劉自知手臂中彈，射擊準確度大減，無法再將對方一舉擊斃，當即一個發狠，朝開槍者丟擲刺刀，那刀飛掠過幾張桌椅，正中對方眉心。

雷歐到定點後，立即將桌子翻倒遮住全身，整個動作一氣呵成，毫不拖泥帶水。他正要從棧板孔洞中瞄準剩下那一個殺手，沒料到對方居然比雷歐更快，換了彈匣就朝雷歐連續擊發。

那穿甲彈連汽車鈑金都打得穿，何況是年代久遠的棧板，瞬間雷歐的左膀右臂就被擊中數發，要不是他反應極快，可能連腦袋都會被射成蜂窩。

小劉趁對方拉近距離，立即扯下身後廢棄電視中的線路，敏捷地翻過一個卡車輪胎，向對方撲去，伸手就發力用線將對方死命絞住。

雷歐勉強抬槍，近距離「砰」一發斃了他，這才暫時瓦解掉對方殺手戰力。

就在四人激鬥之時，凱和金也陷入了與德皓的一場惡戰。

德皓撲向凱的剎那，眼睛餘光瞥到潔弟衝進近在咫尺的廁所，當即在空中轉身，欲將她拖出廁所。

凱和金同時開槍阻止，德皓的軀幹轉眼間就被他們射穿了好幾個洞，霎時之間碎肉橫飛，開花一般的彈孔卻都僅流出少量的絲絲污血。

金定睛一看，彷彿被潑了桶冷水似地，全身泛起雞皮疙瘩，連槍都差點脫手而出。

德皓那副活死人樣令他想起過去在北非駐守時，曾聽部隊中同樣來自越南的同袍說過，越戰時期，一處位於叢林之中，不到百人的小村落，明明就已經被敵軍屠村，只逃出兩、三個年輕人。後來在附近蓋碉堡、挖壕溝的士兵，卻在每天晚上都看見村裡還亮著火光，村民也都還依然如生。同袍的叔叔在頭幾天待命的時候，撞見都嚇得躲在壕溝裡，天亮前不敢出來。

他到底是人是鬼？金懼怕地想。

就在他分心的那一秒，德皓竟在沒碰到凱的情況下，隔空將凱抓起，朝他丟擲而來！

「磅！」凱和來不及閃避的金立即摔成一團。

德皓才轉身要往廁所一躍，又被人從背後射穿了兩腿膝蓋。他登時大怒，回頭一看，凱已衝進西棟內，地上倒著的金則繼續朝德皓開槍。

德皓一躍而起，「咚」地一聲跳到金跟前，以不可思議的蠻力一把搶走金手上的衝鋒槍，徒手將其折彎，扔到一旁甬道內。

金怕雖怕，卻還是硬著頭皮，打算拚他一拚。登時雙手拍地，腰一發力，整個人彈跳起來，雙腿猛踢向德皓。

德皓像是吊鋼絲似地，輕鬆往上一躍，就跳了兩、三公尺高，避開金的攻擊。

西棟內的凱快速從北邊的門跑向南邊，衝出門口時，恰巧見德皓又是一躍落地，馬上舉槍要朝他開槍。

德皓一察覺，反手一揮就隔空將凱摔在廁所門上，發出「磅」一聲巨響。凱才倚著門滑落，德皓手再朝左一揮，凱就被他隔空向左猛摔出去五、六公尺。

「咚！」德皓跳到潔弟躲的那間廁所前，僵硬的嘴角勉強向上一勾，露出陰森詭異的賊笑。

＊＊＊

閻羅王與其他在場判官、差吏皆目不轉睛地盯著業鏡看。

諸位判官一看便張口結舌、面面相覷。黑白無常則是如坐針氈、神色驚恐，不時偷瞄閻羅王的反應，畢竟祂們兩位可都是負責陽間巡察事務的頭頭。牛頭馬面雖掌理陰間囚犯押解、尋常亡魂送審和一般巡察事務，但也因擔心自身會被閻王怒氣掃到，而滿面愁容。

閻羅王本尊則是真的氣到七竅生煙，七孔頻頻發出縷縷螢綠霧氣，原本就若隱若現的面目顯得更為朦朧不清。

閻羅王猛一拍桌，大聲怒喝：「可惡！」

大殿隨之劇烈晃動，猶如強震來襲，潔弟一不小心沒站好，同殿上幾位小差一起摔倒在地。

「巡察司竟容此等妖魔鬼怪橫行陽間近百年，還絲毫未覺！」閻羅王斥責道，「如此怠忽職守，該當何罪！」

「臣知罪！」在場的黑白無常彎腰鞠躬認錯。

同為巡察司的牛頭馬面則緊張地低頭聳肩，站在一旁，怕得連屁都不敢放。

「看吧看吧，」潔弟還沒爬起身，就搶著酸這些陰差幾句，「祢們攻擊能力強不強我是不知道啦，但搜敵能力一定很差！」

「傻娃兒別多嘴！」紅袍判官一把將潔弟拎起身。

「解！」藍袍判官一個劍指指向鐵鍊，潔弟立即被鬆綁。

陰差一抬手，那縛魂鍊就像回力鏢似地，立刻飛回祂手裡。

「陳小環，或王亦潔，」閻羅王瞪著潔弟說道，「功過不能相抵，本王定會犒賞妳稟報陳德皓一事。但妳多次擅闖陰間，尤其是宮闕堂殿，仍應依陰間律例判罰。妳可知罪？」

「當然不知，也不服！」潔弟挺胸叉腰說道，「陰間律例之所以叫陰間律例，就是因為它適用於陰間嘛，那當然是拿來判死人的啦，怎麼能判活人呢？」

「強詞奪理。」閻羅王很快又蒙上一層不悅的臉色，「妳死也好，活也好，總而言之，犯法就應當受罰。」

潔弟一聽，眼睛頓時發光：「這麼說，死人祢也管，活人祢也管？既然我們怎麼樣都是歸祢管，那幹嘛要管我們人在哪裡？為什麼還要分陰間、陽間？」

閻羅王猛地拂袖，質問潔弟：「妳這小娃說話如此放肆，就不怕本王重重罰妳？」

「怕啊，但還是要賭一把啊，」潔弟不忘諂媚狗腿道，「我就賭祢閻羅王是個明君嘛！」

閻羅王才不吃阿諛奉承這一套，正要發作，紫袍掌奏判官便先跳出來緩頰，諫言道：「稟大王，臣以為，當務之急是將陳德皓那廝抓拿歸案，其他稍後再議也不遲啊。」

第十章
出手

「哼，」閻羅王一聽到陳德皓三字，立即怒火中燒，轉頭對紫袍判官說，「本王要他三更死，絕不留他多一刻！兵部判官聽令！」

「臣在！」紅袍判官抱拳。

「本王命祢即刻緝拿陳德皓！若其不從，便將其打下十八層地獄，爾後再提魂來審！」閻羅王怒不可遏，氣勢逼人地拍下驚堂木。

紅袍判官大喜，精神為之一振：「臣遵旨！」接著高喊一聲，「破魂——」

原先深陷忘川河畔，名為「破魂」的鬼頭狼牙棒忽地猛烈搖晃，岸邊為之震動，接著狼牙棒在成千上萬的亡魂目光之下，帶起一陣狂暴的風流，疾速向上竄升至森羅大殿，飛回判官手中。

柴犬頭紅袍判官手一伸，接住全速飛來的狼牙棒，一邊嘴角一撇，就對潔弟露出一個自以為帥氣不羈的笑容。

「好可愛！」潔弟激動地握拳尖叫。

柴犬頭的嘴角立刻垮了下來，心裡覺得很沒面子。

「還有，本王將另派百名陰兵助祢一臂之力，必將那陳德皓押回陰間！」

紅袍判官馬上回神，答道：「謝大王！只不過陰陽兩界時辰相距甚遠，只怕來不及逮那老賊啊！」

「未必，」藍袍判官出言，「若用庫房法寶，即可直抵陽間任一時、地。」

紫袍掌奏判官轉頭直勾勾地看向位居高位的閻羅王。

閻羅王當即會意，王冕珠簾後，沉著一張臉，心不甘情不願地說：「哼，愛卿就是愛多管閒事。也罷，就讓本王送諸位一程，若是無法將他緝拿歸案，」祂指著紅袍判官和潔弟說，「本王就要你倆提頭來見！」

「什麼！」潔弟抗議道，「甘我什麼事啊？」

閻羅王充耳不聞，舉起單手，手掌反轉一圈，一股氣流頓時自祂掌心孕育而生，形同紫霧藏金粉。

「去！」閻羅王手掌朝紅袍判官和潔弟一送，兩位登時感到一陣強勁陰風吹面而來！

＊＊＊

金沙大飯店的P08套房內，黑茜正在書房裡開跨國網路視訊會議，路易領著負責保護吳常人身安全的保鑣進門，比手勢要黑茜先將麥克風關掉。

黑茜挑了挑眉，暫時關掉麥克風，見路易面色嚴肅，便將視線移到保鑣身上。

「呃……」保鑣以生硬的中文說，「是吳先生突然不見了——」

黑茜一聽到關鍵字，神色一凜，立刻伸手打斷保鑣的話，再次開麥克風。

「各位，」黑茜向多國分公司的執行長說，「我有一通重要電話要接，等我一下。」語畢再度關掉麥克風。

「怎麼辦？要報警嗎？」路易進一步詢問。

「撥電話給志剛，我來跟他說。」黑茜指示道。

「鈴──鈴──鈴──」飯店電話突然響起。

就近的路易順手接起來：「你好。」

「路易先生，請問黑茜小姐方便接聽電話嗎？」廖管家問道，「有通電話在線上等待。」

「她現在正在開會，」路易習慣性地替她過濾，「請問是哪位？」

「對方是岡本剔志先生。」

「岡本剔志？」路易一臉疑惑，又追問清楚名字是哪四個字，並迅速寫在紙上。

黑茜一看便知對方是誰，點頭要路易接聽。

電話一通，對方只對路易說了四個字：「黑茜，報警。」說完立即掛斷。

路易馬上轉述對方的話給黑茜聽，她琢磨了幾秒，立刻意會過來。

「路易，手機給我。」黑茜一貫神色淡然地說。

「啊？」路易一臉錯愕地交出手機，「那個岡本先生是誰啊？名字好奇怪。」

「就是楊志剛。把他的名字部首拆開重組就是岡本剔志。」黑茜用傳輸線將手機連結到筆電上，「雷斯特，我現在要打通電話，把發射訊號的終端位置跳到老梅村的陳氏孤兒院。」

「好的，請稍後。」雷斯特透過筆電喇叭說。

幾秒過後，雷斯特又說：「陳氏孤兒院內沒有行動裝置可發射訊號。就近的行動裝置屬於我們這次行動的隊伍。他們剛進入老梅村，跳到他們其中一人的手機，來發射訊號好嗎？」

「好，但要屏蔽掉行動裝置的識別碼，我要接聽端無從回溯。」

「沒問題。」雷斯特頓了頓，又說，「跳板完成。」

黑茜立即撥號報警，電話一接通，她刻意摀住話筒，講話講得很小聲。

「喂，」黑茜語氣變得極為驚慌失措，「我我……我要報警！有人殺人啦，死了好多人！對，我現在就躲在附近，快來啊！就在巽象市石門區，就是那個老梅槽附近的老梅村裡面。在陳氏孤兒院。你們快來啊！那兇手隨時會跑啦！」

黑茜說完就馬上掛掉電話，不給勤務中心進一步詢問報案人的機會。

「行了，雷斯特，設定復原。」黑茜吩咐道。

路易馬上問她：「到底怎麼回事？」

「為了師出有名。」黑茜將手機還給路易，「志剛那裡應該是臨時發生了什麼事，打斷他調派人手的節奏。」

「喔，我懂了，」路易立刻推敲出來，「如果有人報凶殺案，又有勤務中心受理紀錄，警方就沒辦法私下吃案，志剛才有機會被指派過去調查犯罪現場。」

「不是有機會，是一定會，而且還能順理成章地帶上鑑識人員。坐吧。我們速戰速決。」黑茜再次將網路會議的麥克風打開，向多位執行長說，「久等了，我們繼續。」

＊＊＊

德皓手貼著廁所門，輕輕一震，門上的握把、鎖，甚至是門軸都登時墜落，發出清脆的鏗響。他稍微使力，就將整扇門給扯下，隨手丟在地上。

沒人！

他看著廁所地上的背包愣了兩秒，怎麼也沒想到，廁所裡頭竟然空無一人！

突然之間，一股強烈的殺氣撞擊德皓的心頭，他感到前所未有的不安和恐懼。還搞不清楚怎麼回事，背後就先傳來孔武有力的男子叫罵聲。

「大膽妖孽！」紅袍判官舉起狼牙棒指著德皓，殺氣騰騰、神情凶惡地說，「還不快快束手就擒！」

然而，在德皓眼中，紅袍判官的面貌卻是他再熟悉不過的那張臉。他生前那張滿面紅潤、意氣風發的臉；他在近百年前被德丹一劍刺死前的臉！

「不，不可能！」德皓震驚到說話都破音，雙手巍巍顫顫地伸向判官，「我的臉……這不是我的臉嗎？這──啊！」

德皓驚呼一聲，本來就剝離得差不多的頭皮，被人突然從背後猛擊，這下馬上就砸出一個洞，露出裡頭又紅又白的頭蓋骨。

「臉你媽！」潔弟雙手舉起背包裡的自拍棒，又是給轉頭怒視她的德皓一記爆頭，「你這個王八蛋！」

力道之猛，霎時就將自拍棒給打斷。

德皓也因而被打斷鼻樑骨，所剩無幾的臉皮也被削下了一大塊。

「別以為我不敢傷妳！」德皓怒目而視道。

他正要反手將她打飛，紅袍判官便搶先甩起鬼頭狼牙棒，朝他隔空揮了一下，喊道：「除！」

一陣猛烈的陰風掃過內院，德皓和潔弟兩人立即被吹飛了出去；德皓摔到迴廊外又滾了幾圈，潔弟跌在凱身上，手上那根斷掉的自拍棒差點就插進凱的鼻孔裡。

凱吃痛悶哼一聲，潔弟立刻狼狽地爬起來，尷尬地直道歉：「啊啊，對不起啊！對不起、對不起！」

德皓僅剩的一點殘缺臉皮，都被粗糙的地面給澈底磨光，牙齒混著血從嘴裡流了出來。

他恨得咬牙切齒，正想爬起身與那詭異的紅袍大漢較量，卻赫然發現不只嘴裡，連身上的傷口也正汩汩淌著惡臭污血！

全身劇烈疼痛，手足變得難以控制，他費盡了九牛二虎之力才勉強坐起身。

「這是怎麼回事……」他盯著自己的雙手手心，含糊不清地喃喃自語，「我的功力……」

「幾乎沒啦！」紅袍判官揮揮手說，「要不是怕傷到娃兒，我早就一棒打得你魂飛魄散！」祂頓了頓又說，「喔不對，你魄早沒了。」

祂只是甩了下狼牙棒，根本沒碰到我，就能除去我九成功力！德皓暗暗心驚。

他如今猶如被打斷全身筋脈的廢人，根本無從反抗，只能任人宰割。

看著那張擁有自己原來面目的紅袍大漢，德皓又驚又懼地問道：「祢……祢究竟是何方高人？」

「老子乃陰曹兵部判官！」紅袍判官威嚇道，「乖乖跟我回陰間，否則老子一棒把你打下地獄！」

「啊！」德皓失聲大叫，他萬萬沒想到對方會是率領陰間百萬兵士的大將軍！

不行！要是連魂都被拖去陰間，甭說是續命丹，就算是神仙賜的靈丹妙藥，恐怕也無法還陽了！德皓恐慌地想。

他雙手一揮，施展僅存的微末功力，招來一陣小龍捲風，趁院裡飛沙走石逼得人人睜不開眼之際，魂神立即棄肉身再次遁逃。

紅袍判官輕揮幾下狼牙棒，龍捲風隨之一散。

「想逃？哈，不過一縷殘魂！」紅袍判官啼笑皆非道，「未免也太瞧不起我了吧！哈哈哈哈哈——」笑音未落，人就突然憑空消失。

「咦？人呢？怎麼不見啦？」潔弟一臉茫然。

她跑到紅袍判官幾秒前站的位置，轉了一圈，大喊：「喂——判官——祢在哪裡啊——」

第十一章
棒打老妖

陳府北門外，這片血褐色的荒地中，明顯有處深達數尺的土坑，相較於周圍平緩的地勢，分外顯眼。

紅袍判官驀然現身在北門石階上，視線掃過荒地，口氣極為不屑地說：「這老賊是走了什麼狗屎運，竟找到這麼一個上乘的養屍地！怪不得土遁！」

祂單肩扛著鬼頭狼牙棒，邊大搖大擺地走下石階，邊張望來、張望去，低頭往土坑裡瞧了兩眼，便說：「你個老不死的，原來剛才是從這破土而出啊。」

「喂陳德皓！」祂邊走邊對空氣叫囂，「我說你啊，整天就只會耍些邪門歪道的小把戲，還是不是爺們啊？有種就出來跟老子決一死戰，省得我費力氣逮你！」

眼前土地仍無半點動靜，相較於方才潔弟一行人進府時的一番地牛翻身，簡直如天壤之別。

「哇你個龜孫子！」紅袍判官氣得跳腳，「幾番勸降，你竟還無動於衷，像個小媳婦一樣躲在土裡不肯出來！」

紅袍判官本就是個血氣方剛的性情中人，火氣一上來，登時怒氣沖天，怒罵一聲：「敬酒不吃，吃罰酒！」

鬼頭狼牙棒突然響起一陣銅鐘般的嗡鳴，好似躍躍欲試。

「老子看你怎麼躲！」紅袍判官倏地跳起，高達數丈，右手舞起狼牙棒；急遽下墜之際，虎嘯生風似地大吼一聲，「破魂，起！」

狼牙棒來勢洶洶，猛地一擊，立即激盪起「磅」一聲驚天動地的轟然巨響，赤土為之上下劇烈一震，數噸沙土登時騰飛而起，當中竟夾雜十幾具屍體！

其中一具布衣不朽、容貌如生，皮膚覆蓋幾近完整的男屍，居然在塵土飛揚之中忽地一個打直，雙腳輕巧落地。

「還來什麼『太陰煉形』！」紅袍判官舉起狼牙棒說，「事到如今還妄想佔別人屍體來吸精納氣，苟且偷生嗎！」

祂正要一棒打下，德皓突然雙膝一跪，求饒道：「判官大人，祢就饒了我吧……」其語調平板、粗啞且無半分生氣。

紅袍判官以為德皓見識到自己的神威，終於願意不再躲藏，立即收手，說道：「只要你乖乖投降、隨我回陰間，我絕不為難你！」

就在此時，德皓突然臉湊近判官，下巴大張、兩邊嘴角開裂至耳際，一股黑粉立即如蜂群般自其口中炸開、飛衝至判官身上！

紅袍判官完全料想不到，急忙退了幾步，一見身上密密麻麻的黑點是歹毒的屍蟲，立即瞪大眼睛，難以置信地說：「敢陰我！」

紅袍判官見德皓才一轉眼就狂奔數十米之遠，立即氣得目眥欲裂，仰首咆哮：「氣死老子啦！」祂渾身忽然冒出熊熊烈焰，真可謂火冒三丈，身上萬千黑蟲登時氣化。

祂跺地一下，瞬間像是吹氣似地長成數十丈之高，右手高舉狼牙棒，往下一擊，喊道：「開！」

大地「轟隆隆」地被狠利狼牙鑿開一道深不見底的裂縫，直達德皓腳下，炙熱的熔融火焰立即竄到地面上！

這地獄的業火挾著高溫焚風，如億萬餓鬼，能在彈指間吞噬一切邪靈鬼魅。

德皓驚覺，連忙奮力一躍，儘管距離地面十幾公尺，被那焚風尾一掃，屍體還是宛如豔陽下的冰塊，皮肉登時融成臭氣沖天的血水。

與此同時，拔山而起的紅袍判官遠比德皓更高，更是怒將他一棒打下地獄！

「啊——」德皓慘叫的聲音自隨即閉合的大地下方傳來。

***

紅袍判官消失沒幾秒，上空烏雲突然往下壓來，雲層在眨眼間就積聚成墨色般濃黑，氛圍如泰山壓頂，變得十分沉重肅穆，令潔弟有種窒息感。

「是陰氣嗎？」她不太肯定地說。

傭兵們都沒感受到這股莫名的壓抑。看不到紅袍判官身影，但又聽得到祂聲音的他們，方才耳聞眼見一連串詭異的狀況，早已是看傻了眼。接著又看到德皓身體忽然如消了氣的人形氣球般疲軟、垮下，更是驚得呆若木雞。

雷歐和小劉回過神來，才匆忙將金和凱扶起。

「妳證物都到手了嗎？」傷得不輕的凱，有些虛弱地問潔弟。

她正要說話，北方不遠處忽地傳來「磅」一聲巨響，嚇得她心驚膽顫、彈跳而起。

「咦？」她驚魂未定地撫著胸膛，好奇道，「判官會不會就在那？」

正要往北門跑，凱就一把拉住她：「別去！」

「我偷偷躲起來，不會被發現的啦。」她想甩開凱的手，但他抓得很緊，她一時之間甩不開。

「還是先搜集完證物吧，」小劉勸道，「這裡不安全，我們應該盡快離開。」

「可是萬一判官需要幫忙怎麼辦？」她擔心地說。

「What?」四位傭兵異口同聲地表示疑惑。

「哎呀，我不知道怎麼解釋啦！」她不耐煩地推開凱的手，「你們在這等我一下就對了啦。」

她邊說邊往陳府北門的方向跑，傷勢較輕的小劉和雷歐立刻尾隨在後。

北門門扉未闔，她才剛跑到門邊，便聽到紅袍判官粗聲粗氣的咒罵聲。她蹲低身子，小心翼翼地往外窺探，一隻穿戴護手鐵甲的粗手猛將她拉了出去。

她一個蹣跚，差點跌倒，還沒站穩腳步，這個身穿甲冑、手持長槍如古代兵卒的男人就先對她喝道：「生人勿近！」

她見這士兵鬼氣森森，面貌卻又流露出一股剛正不阿的英氣，不同於過去所見的孤魂野鬼，一時之間也不太確定祂究竟是不是鬼。

正當祂一手往她頭頂壓來之時，有個耳熟的聲音制止了祂：「慢！此人非尋常生人，應當以禮待之。」

潔弟轉頭一看，立即興奮地叫道：「陰陽司判官！」她趕緊躲到祂身後，指著身穿盔甲的傢伙問道，「祂誰啊？」

「正是陰兵。」吳常臉藍袍判官說道。

聽藍袍判官這麼一說，她才發現不只他們周圍，整個陳府府牆都被陰兵包圍得水洩不通！更叫她震撼的是，放眼望去，幾十位陰兵長相竟一模一樣！雖五官十分大眾、平庸，無太多特色，卻又不失凜然之氣。看來這應該也是某種障眼法，不是陰兵們的真面目。

與此同時，她也恍然大悟：「原來這種壓迫感是來自於陰兵啊！」接著又問，「那祢來幹嘛啊？湊熱鬧啊？」

「妳當我是妳啊。」藍袍判官溫文儒雅地說，「什麼都不會，還老愛替人抱不平。」

「我哪有什麼都不會！」潔弟嘟囔道。

「大人，」那位陰兵語氣嚴肅地說，「此女子身後二人，以及內院二人又該如何處置呢？」

「照常處理。」藍袍判官道。

「遵命。」陰兵一揖，立即帶著另外一位，繞過他們，走北門進府。

「喂，祢們要幹嘛啊？」潔弟緊張地想攔住祂們，但祂們移動速度好快，根本來不及攔。

正想追著祂們跑進去，藍袍判官便向她解釋，陰兵不會傷害府上生人，只不過略施小法使府內四位傭兵一一睡去罷了。待他們醒來之時，將不再記得方才所見所聞。

此時，東方荒地上猛然傳來一陣震耳欲聾的聲響。

潔弟回頭一看，驚見大地正從突然放大好幾十倍的紅袍判官的狼牙棒下，迅速裂開一道縱向深溝，一邊往正在奔跑的男子方向裂開，一邊勢如破竹地往自己所在的北門而來！

「呃啊啊啊！快逃啊！」她正要拔腿狂奔，就被人從背後揪住衣領。

「莫慌。」藍袍判官雲淡風輕地說。

「祢不跑就算了，幹嘛拉著我！」她驚恐地叫著。

藍袍判官置若罔聞。而那道巨縫銳不可擋，轉眼就「劈哩啪啦」地要裂到潔弟腳下了！

「要掉下去啦——」潔弟驚恐得縮起雙腳，摀住眼睛，瘋狂尖叫：「救命啊——」

透過指縫，她見藍袍判官不急不徐地掏出一支散發藍色光暈的大毛筆，往跟前幾公尺的地上，隔空作勢橫向一劃，說道：「止！」

那道縱向深溝竟像是撞壁似地，雷霆萬鈞之勢就這麼戛然而止，硬生生停在中途！

藍袍判官手一翻，毛筆登時消失。祂張望兩下便說：「這穴氣被地獄業火一烤，也算是澈底散盡了。」

「什麼跟什麼啊？」潔弟心有餘悸地拍了拍胸口。

「小娃，妳前世雖為陳山河之女，卻與其他陳家人相同，半點不知這陳府風水的玄機。」藍袍判官賣關子地說。

「玄機？」她張大雙眼，訝異地說，「是什麼啊？祢快說啊！」

「老梅村一帶為龍氣末暈，但陳府這道北牆可是陰陽交界，差那麼一寸可就是極陰之地。也就是說，一旦踏出北門，便是『潛龍入海』，變成『養屍地』，恰與純陽之地的陳府形成一陰一陽的『陰陽相生穴』。」

「聽起來好深奧喔。」她一臉困窘地說。

「是絕妙！」藍袍判官點頭讚許道，「尋龍定位之奇準，可謂臻之化境。只怕當今世上沒幾人能再達此境界！小娃可知，哪怕陳府只是多往北移一寸，這舉世無雙的陽宅風水可就毀了。」

「呃……」她愣了一下，還是聽不懂祂到底在說什麼，「那個，祢說的養屍地是什麼啊？」

第十二章
養屍地

「純陰不化之地。埋屍於此，得年久不化，名曰『養屍』。」藍袍判官解釋道，「若不是此地與純陽之地相衝，屍體定可保百年不朽、鮮活如生。」

「太噁心了啦！」潔弟全身都雞皮疙瘩了起來。陡然想起之前那些被埋在定魄椿底下多年，卻絲毫未腐的孩童眼珠。

「這作惡多端的陳德皓，之所以能一而再再而三地復活，就是利用這塊養屍地煉屍、煉蠱。若魂神即將消散，也能利用這穴氣休養生息、養精蓄氣。」

「真是個老不死！」她才剛罵完，就發現地上居然還有幾具屍體！它們被土石半掩半蓋，看不出來是男是女，潔弟又問藍袍判官道：「這些……屍體……是村民的嗎？」

「非也。這些皆是當年死於陳若梅之手的碼頭工人。」藍袍判官言談之間頗有譴責意味。

「什麼！」她又忍不住為若梅說話，「那他們也是活該！誰叫他們殺了賴世芳，又毀了若梅清白！死有餘辜啦！」

看過生死簿的藍袍判官，自然是明白這其中因由，無奈嘆氣：「唉，只道是報應了。不僅不得善終，死後也不得安寧。這些人被陳德皓埋於此地，魄形已散，魂神遭毀，無法再入輪迴，真可謂『緣滅』了。」

潔弟想起德皓的所作所為，以及他之前說過的話，便說：「這個臭豆腐那麼心狠手辣，會不會就是他把這群碼頭工人弄得魂飛魄散的啊？」

「確實如此。」藍袍判官又一副嘖嘖稱奇的樣子，「不過，縱使陳德皓一番作為人神共憤，但陳府底下的龍氣卻無半分沾染污腥邪氣，真是塊不可多得的風水寶地啊。」

「什麼龍氣、寶地啊。我看啊，這都是迷信！」潔弟不屑地擺擺手，「如果是真的，那陳府就不會那麼多人慘死啦。」

「小娃有所不知，陳山河乃修道之人，命中注定犯五弊三缺，只怕再好的風水也無法完全改變。如今能留下血脈，讓其孫子、孫女躲過一劫、安享晚年，已是大幸。」

方才入府的陰兵步出北門，打斷他們倆的對話：「大人，卑職於府上發現上百亡魂，尤以孩童居多，是否一併帶走？」

「對對對，」潔弟忙道，「祢們快帶祂們走吧。不然祂們哪知道要怎麼去地府報到啊。」

她正要拉著藍袍判官入內查看，另一位陰兵又從府牆另一側來報：「大人，卑職等陸續於村內發現若干惡符，已全數搗毀。但有一邪物，一魂受困其中，是否也一併押下地府候審？」

「喔？」藍袍判官伸手道，「邪物在何處？」

「卑職無能，其仍於田中。」那陰兵有些尷尬地說，「該物非同小可，憑卑職等的功力，恐怕無法觸碰啊。」

「稀奇。」藍袍判官對潔弟說，「我去去就來。」說完，就與幾位陰兵一起消失在視線中。

潔弟跟著另外幾位陰兵跑進陳府，內院裡已經有幾位小卒正分別向東、西、北棟喊話，但那些孩子們一時間都還躲在裡頭不敢出來。

「出來吧！」她站在其中一位陰兵身旁，「沒事啦，祂們不是壞人，是陰兵，要帶祢們去地府報到啦！」

「地府在哪裡？我不要去！」大虎從東棟一樓食堂探出頭，「我在這邊好好的，為什麼要去？」

「哪裡好？」小虎在祂身後說，「每天都玩捉迷藏，我都玩膩了。」

「妳說的是真的嗎？」一位中年婦人樣貌的鬼魂從西棟二樓宿舍的窗內出現。聲音抖抖顫顫，聽起來有些惶恐。

「當然是真的啊！」她仰頭對祂說，「姐姐，祢們現在終於可以離開陳府了。」

「終於……」祂與另一位同樣顧小孩的阿姨開心地相擁而泣。

潔弟見了心中不免有些詫異：雖然我說的是真的，但祂們也太快相信了吧！以前的人都這麼單純嗎？

幾位阿姨帶著幾十個小蘿蔔頭飄出宿舍，來到潔弟身邊。她看還有些孩子們不肯或不敢出來，就從院子西南角的廁所中拿出背包，裡頭還放著上次入村沒吃完的糖果、餅乾。

「好孩子才有糖吃喔！」她才剛把一袋養樂多軟糖拿出來，小虎就撲了上來。

孩子們一看小虎吃下軟糖露出的一臉陶醉表情，立即爭先恐後地衝了過來，內院瞬間變成鬧哄哄的一片。

別看陰兵那張不苟言笑的大叔臉，每個在小孩面前都成了超級奶爸，有耐心到令人匪夷所思的地步。潔弟和阿姨一番連哄帶騙之下，才總算將一百多個亡魂給全數找出來。

正當陰兵清點完畢，欲先行將祂們帶走時，原本守著廁所的珠珠突然掙扎地從陰兵懷抱中跳下來，朝潔弟跑來。沒有雙臂的祂，在空中跑起來還是那麼搖晃不穩。

「院長！」祂撲進潔弟懷裡，「妳要去哪裡？」

潔弟一時語塞，不知道怎麼回答，愣了兩秒才說：「就在這裡。」

「那祢什麼時候要來找我們？」

她實在不忍也不知道要怎麼告訴祂，他們的緣分也許就只能到這邊了。自己出現的意義對祂們來說，最多就只是送祂們最後一程而已。

「現在告訴祢也沒用，」潔弟假裝若無其事，卻還是有點哽咽，「等到下次見面的時候，祢一定又認不出我了。」

珠珠沒察覺她聲音裡的顫動，只是不好意思地扭捏笑道：「那妳到時候再跟我說，妳是院長就好了嘛！」

「嗯。」潔弟又塞了塊巧克力到祂嘴裡。

「走吧。」陰兵將珠珠再次抱起，對潔弟點點頭，轉頭走回隊伍之中。

隊伍四角持長槍的陰兵同時舉槍擊地的瞬間，將內院塞得水洩不通的百位陰兵、童魂，就這麼悄然消失，連陣風也沒有。

院內又再次顯得冷清寂寥，除了潔弟、倒在地上的殺手屍身和坐倚牆面昏睡的傭兵以外，再無他人，令她頓時心生許多感慨。

一眨眼，藍袍判官便領著幾位陰兵再次現身。

「這麼快！」潔弟見藍袍判官手拿著一個像是人頭骨製成的缽，立刻站遠幾步，有些發毛地說，「這就是……那個什麼『邪物』嗎？我要不要再站遠一點？」

不等祂回答，她就已先退到院子角落，只露出頭來查看。

藍袍判官又好氣又好笑，直接將骨缽上的邪符給撕了，正要將頭蓋骨打開，裡頭一股污濁黑氣便先自骨缽的七竅窟窿散逸而出，那些流出的黑氣又立即聚成一團，轉眼就出現一個哀怨中又不失清麗的女鬼樣貌。

「佳佳！」潔弟立刻朝她跑去。

佳佳一見到她也有些欣喜，幽怨之氣頓時散了幾分。

潔弟還沒跑到祂身邊，一位陰兵便先將祂雙手銬起，又緊抓著連至銬上的鐵鍊，好像深怕祂會逃走一樣。

佳佳怎可輕易就範，馬上變臉，騰騰黑霧將祂全身籠起，正要發作，兩位陰兵又將圈索套上祂頸項，將祂立即帶下地府。

潔弟正想阻止，藍袍判官卻突然身子為之一震。祂的臉不自覺地抽搐了幾下，神情很是激動，蹲下來想要伸手去碰倚在迴廊柱上、沉睡不醒的凱，手卻又在半途中縮了回來。

忽然刮來一陣強勁而銳利的風流，颼颼幾下就將院子裡的天棚割出好幾大口子，防水布撕裂的聲音令潔弟聽得渾身起雞皮疙瘩。

「喂！」頭頂傳來紅袍判官的聲音，「走啦，還在那邊磨磨蹭蹭！跟個娘們似的！」

潔弟轉身抬頭一看，驚見一顆巨大的柴犬頭探進東、西、北棟中間，朝他們左右打量，頓時感到泰山壓頂，總覺得祂伸伸舌頭都可以舔得自己滿身口水。

藍袍判官一聽，身子又是一震，但這次祂很快就撫平了情緒，立即站起身，面色如常地對紅袍判官說：「我們也該走了。」

「廢話，還不是在等祢這個慢郎中！」紅袍判官露出兩排白森森的犬牙，像是在大笑一般。

「我們要回地府向大王交差了。」藍袍判官摸摸潔弟的頭說道，「小娃妳好生珍重。」

潔弟還來不及說些道別的話，祂就一揮衣袖，與紅袍判官一同消失了。

與此同時，少了作亂的德皓，陰兵陰將一走，天上黑壓壓的烏雲也立即一掃而空，屬於夏季的藍天白雲再次顯現，潔弟頓時有種撥雲見日、豁然開朗的感覺。

她迫不及待地將沉甸甸的頭盔拿下來，收進背包裡。而院子裡的傭兵們也一個個悠悠醒轉，紛紛將自己戴的夜視鏡取下。

潔弟伸手正要扶就近的凱起身，凱居然以迅雷不及掩耳的速度，拾起地上斷裂的自拍棒，朝她射來！

她完全來不及閃躲，眼睜睜地看著它朝自己飛來。電光石火之際，自拍鋼桿帶著強勁的氣流，掠過她左頰；距離之近，她都能感覺到臉龐、耳際的風呼嘯而過。

她倒抽一口氣，後知後覺地摸摸臉頰，又朝凱大吼：「你幹嘛啊！」

「砰、砰！」兩下槍聲緊接著傳來。皆出自於小劉手上的槍。

「謝啦！」身後的金有氣無力地對凱和小劉說。

潔弟扭頭一看，兩個殺手正分別在她和金的面前緩緩倒下，手上各自拿著刺刀和細鋼索！

第十三章
領罪

「原來他們還沒死！」潔弟驚呼一聲，有些後怕地拍了拍胸口道，「你們默契怎麼這麼好啊？」

「不是默契好，是靠這個。」小劉拿出一支細小的金屬哨子，跟凱之前在食物貯藏室裡吹的那支一模一樣。

「那是什麼？」

「狗笛。」凱解釋道，「人耳聽不到的頻率，正好可以拿來當我們祕密通訊的工具。透過長、短音，就可以發摩斯密碼。」

他又舉起智慧手錶，對潔弟說：「手錶的收音判讀ＡＰＰ會自動將長、短音組合轉譯成英文字母，顯示在螢幕上的視窗。每個字母都代表不同的行動指令，我們就是這麼通訊的。」

「太神奇了！」潔弟接過凱的狗笛，拿在手中打量了兩眼，想起方才那場驚心動魄的槍戰，又問道，「對了，你怎麼知道我要找的證物就在院子裡的那排廁所啊？」

證物的位置我從來沒跟別人提過啊。她狐疑地想。

「這不是理所當然的嗎？」凱居然邊說邊撕下矽膠皮面具，從嘴裡掏出固定在下排左右臼齒上的微型變聲器！

「嗚呃呃……」潔弟先是一陣錯愕，接著瞪著那張沐浴在陽光下的俊美臉孔，興奮大叫，「吳常！」

「誰是吳常？我是『死老外』。」吳常雙眼迸射出怨氣地說。

「你，」潔弟有點心虛地說，「你幹嘛這麼記仇啊。」

「妳要是問心無愧，還會怕別人記得妳的所做所為嗎？」

「話不能這麼說啊，哪有——」

她正要推託幾句，腳下的大地竟突然震動了起來。

雖不及德皓作祟或紅袍判官擊開地獄之門時那般劇烈，但已足以令她煩躁不安：「又怎麼了啦！震什麼震啊，神經病！」

無數流雲倏地飛至，天空一暗，地下傳出一聲如號角般的響音，接著便是極為低沉威武、震懾人心的聲音：「王亦潔，速來地府領罪！」

察覺有什麼東西滴到臉上，她一摸，濕濕的。

抬頭一望，灰濛濛的天空竟忽然下起毛毛細雨。

一位身材高瘦的白袍男子和一位體態矮壯的黑袍男子赫然出現在她面前！

兩位男子皆身穿同款裝束、頭戴長筒捕快帽，不同在於持物有別。

「黑白無常！」她尖叫道。

「正是！」白袍男子披頭散髮、長舌及胸，背著一根收起的紙傘，舉起朱紅火籤對她說，「走！」

黑袍男子的臉跟官服一樣黑，面目陰森醜陋，手一拋勾魂索，就將她的魂神給勾出身子。祂們也不跟她廢話，勾魂索一拉，就直截了當地將她押下陰曹！

＊＊＊

潔弟才剛被黑白無常押到地府森羅殿，紅袍判官一瞥便大驚失色地叫道：「小娃！」

祂一急就口不擇言，衝著黑白無常指指點點地念道：「老范、老謝啊！沒事抓人家下來幹嘛？祢們倆羅漢腳缺姑娘缺急了，也不能這麼蠻幹啊！陰間也要尊重自由戀愛的嘛！」

「肅靜！」閻羅王敲了兩下驚堂木，瞪了紅袍判官一眼，「兵部判官休得擾亂本王審案！」接著有些不耐地說，「陳德皓行徑兇殘，令人髮指，如今也已給兵部判官打下火山地獄受罪候審。現下審王亦潔，眾卿以為如何？」

牛頭馬面和黑白無常悶不吭聲，只是低頭看著腳丫子。祂們不清楚陰間律例細則，稍早又因怠忽職守而受了閻王老爺的訓斥，現在自己也是泥菩薩過江自身難保，哪有心情在那裡說三道四。

高堂上的判官們自然是再熟悉律例不過。眾官心知肚明，若是王亦潔此番真受懲處，那陽間諸多冤案自然就無人可再翻案。而要是無機會沉冤得雪，為其擔保的陰陽司判官可不只是要掉了這頂烏紗頂戴，而是要下孤獨地獄的。再者，陰陽司與兵部判官此前又為了助王亦潔一臂之力而大鬧陰間，罪行重大，當判紅蓮地獄。

各司判官雖各有長處特質，但若說到人品，絕對都是無庸置疑。眾官一則同情王亦潔，二則思及兩位判官為人，三又顧及同僚之情，紛紛搖頭輕嘆或低頭沉默，頗有兔死狐悲之感。是故一時之間，殿上鴉雀無聲，無官應答。

閻羅王見狀，毋需多問也知諸臣心思，此時心裡倒是懷念起前任那個絲毫不懂情理的罰惡司判官，當即一拍驚堂木，自行喝道：「擅闖陰間宮闕者，當即刻下斧鉞地獄！」

「什麼！下地獄！」潔弟大吃一驚，雙腿差點癱軟在地。

「既然王亦潔即將發往斧鉞地獄，」閻羅王繼續宣判，「陽間眾人之冤屈自然無從伸張。陰陽司判官、兵部判官，在覓得接位人選後，當即刻發往孤獨地獄面壁思過，直至任期結束！」

藍袍判官與紅袍判官心知此番閻羅王已是輕判，兩人雖感萬千扼腕，卻又只道是命運造化弄人，不敢再多奢求什麼，當即鞠躬、異口同聲地說：「謝大王。」

就在閻羅王高舉驚堂木，即將拍板定案之時，殿外小差忽然高喊：「善終城城民陳山河殿外求見！」

「陳山河？」閻羅王先是面露一絲喜色，但當祂視線掃到潔弟時，又立即冷著一張臉說道，「傳。」

潔弟回頭一看，那位身著白色西裝，正跨過門檻、踏上紅毯的男人，不正是她小時候見過的那個陳山河嗎？

「老道！」潔弟淚眼汪汪地喚道。她沒想到還有機會再見到他，也還沒辦法接受自己即將被判下地獄的事實。

陳山河對潔弟微微一笑，才走上紅毯沒幾步，閻羅王便忽然右手一揮，殿上小差連忙左右退開。祂冷笑一聲，左手一翻，案上一筒犯由牌立即橫飛過去！

「草民才剛來，就想試草民身手？」陳山河反借力使力，雙手一伸一提，立即將犯由牌整齊拉成兩列，祂身子一轉、騰飛而起，踩在犯由牌上，疾速輕點而來。

「好！」閻羅王手掌一翻，停滯在空中的犯由牌登即迸裂成碎片！

陳山河優雅地降到潔弟身旁，雙手一揚，正在墜落的碎片立即往上升。祂雙手在胸前畫圓、右手劍指朝閻羅王桌案一揮，所有碎片立刻嗖嗖飛回去，插回牌筒時，竟全都恢復原狀！

「犯由牌怎能輕擲？還請大王莫開草民玩笑。」陳山河一揖，恭敬地說道。

閻羅王笑了幾聲，說道：「本王哪一回見到高人，沒試下功夫？幾日不見，祢功力又有一番長進！」

祂撫鬚而思，又問道：「本王問祢，既已放棄得道成仙，又放棄輪迴，為何還要再執著於修行呢？」

「只是修身養性罷了。」陳山河謙遜地說。

閻羅王接著話鋒一轉，正色道：「祢此次求見，是為了陳德皓，還是為了這王亦潔？」

陳山河雖已過世多年，可仍舊是血氣方剛的漢子，一想到陳德皓，立即恨得咬牙切齒。

「祂雖為我師叔，但我絕不會為祂說情！」陳山河忿忿不平地說，「我只恨自己當年無法親手解決祂，替掌門報仇、清理門戶！」

潔弟心裡暗暗一驚：老道這麼說，是不是代表祂知道陽間的變動？閻羅王這麼問，是不是祂也清楚老道知道這點，而且也清楚祂為何求見？

「要不是陳德皓這種無良無德、卑劣之徒硬要逆天而行、死而復活，當年龍隱山也不至於因天地感應而山崩地裂，一夜之間無數百姓家破人亡、流離失所！德皓祂，根本不配姓陳！」陳山河激動地說。

「既然如此，」閻羅王極為淡定地說，「便是想為這娃兒求情囉。」

陳山河緩了緩神，竭力平復情緒，又是一揖：「正是。不過，請恕草民不能將原因說給諸位大人聽。」

「也罷。」閻羅王一打響指，即封了在場所有人的雙耳之竅，無法聽聞陳山河與祂之間的對話。

陳山河立即向閻羅王稟報，後者越聽神情越是凝重，掐指一算，驚道：「果真如此！」祂又再打了下響指，諸位的聽力又恢復了。

閻羅王沉吟一會，便點頭說道：「此事非同小可啊……這樣吧。王亦潔闖陰曹之懲處可容暫緩，待其陽壽一到，陰陽司判官與兵部判官再一併聽從發落。眾卿以為如何？」

「大王聖明。」紫袍掌奏判官帶頭躬身一揖。

諸位判官也立即連聲稱頌。祂們為這三人捏把冷汗的同時，心中也無不好奇：究竟高人陳山河稟報之事為何，何以在頃刻間就說服閻王老爺改判緩刑？

「陰陽司判官聽令，」閻羅王吩咐道，「本王命祢即刻送王亦潔還魂！」

「臣遵旨。」藍袍判官應聲。

第十四章 狸貓太子

遠方傳來一陣刺耳的警笛聲。潔弟眨了眨眼，將眼皮撐開，吳常皺眉的臉隨即跟著陽光映入眼簾。

「吳常。」潔弟這才發現自己橫躺在院裡教室拼起來的桌子上。她猜大概是大家把自己搬過來的。

坐起身一看，小劉、雷歐和金也都坐在她附近，身上的傷口都大致包紮過了。

「妳沒事吧？」吳常的神情是少有的緊張。

「沒有，我沒事。你們……還好吧？」她問道。

「當然！」雷歐笑道。

小劉和金則分別回以禮貌性的微笑和點頭。

志剛的身影忽然出現在迴廊中間的垂花門外，領著大批警力大搖大擺地走進內院，一點防備都沒有。

其中兩位鑑識人員一踏上迴廊，便提著鑑識箱往西南角最後一間廁所移動；其他鑑識人員則又分成好幾組，與刑警們分別前往東棟宿舍、後廂房……等其他區域。步伐又快又果決，想必是吳常在潔弟下陰間之際已與志剛聯絡過了，所以在志剛率隊到達前就已事先協調好鑑識工作。

「哎呀，」志剛邊環顧周遭，邊朝潔弟、吳常走來，搓手說道，「看來我來的時機剛剛好。」

「哪裡剛好啦！」潔弟叉腰罵道，「殺手跟臭豆腐都被幹掉了才來！」

志剛一臉無辜地聳肩攤手說道：「啊我本來就是來拿現成、領功勞的啊。」

「真不要臉！」她撇撇嘴，轉頭看到吳常還是蹙眉，「咦？你怎麼不太高興的樣子？我們找到凶器了耶！」

吳常仍舊眉頭深鎖，臉龐的肌肉卻抽搐了幾下，嘴角往旁一扯，露出一個極為詭異的表情。

「你這是在哭吧！」她詫異地說。

「幹！」原本站在吳常旁邊的志剛，一看往後彈開，大罵道，「笑得比鬼哭還醜！」他轉身對迴廊上的刑警說，「這哪有水？我要洗眼睛！」

「是想給我一個假笑，可是笑不出來，反而臉抽筋了？」她又問。

「嗯。」吳常雙手揉了揉臉，便開門見山地問，「妳去領什麼罪？」

「喔～原來你是在擔心這個啊！」她茅塞頓開，馬上就開心地拍他一下，「沒想到你還滿有良心的嘛！還會關心我啊！」

這麼一拍，她才注意到自己身上的破皮擦傷也都被消毒、貼上ＯＫ蹦了。一股感激之情油然而生，粉紅泡泡馬上就將她包圍，她忍不住呵呵傻笑了起來。

「幕後真兇都還沒揪出來，妳死了就前功盡棄了。」吳常真誠地說。

潔弟的嘴角立即垮下，彷彿聽見粉紅泡泡一瞬間「啵啵啵」全數破掉的聲音。

白目的吳常完全沒察覺到她的臉有多臭，立刻又當著她的面打給黑茜：「茜，這邊任務完成，接下來就交給妳了。」

＊＊＊

院內廁所中，兩名穿著防護衣的鑑識人員剛進行完拍照蒐證和初步的樣本採集。在機具的輔助下，兩人將志剛指出的水門上方地磚，一塊塊小心翼翼地撬開。

下方隱藏的老舊地下水道，比他們的預期還要來得深廣，目測竟然有兩公尺深，寬也超過一米，不禁納悶：園林水池的排水道有必要開鑿到這麼大嗎？

其中一位鑑識人員拿著手電筒，探頭下去看。燈光往北方排水口的方向一照，凹凸不平、濕滑黏臭、滿是穢物的石壁終於在長久的黑暗中重見光明。

那鑑識人員注意到傾斜的排水道中後段，角落積了好幾坨東西，他手電筒順勢往最近的右下角一移，再從發散切換成聚焦模式，居然是一顆仍帶著稀疏黑髮的頭骨！

「哇！」鑑識人員驚呼一聲。

「幹嘛？」志剛想湊過去看，無奈鑑識人員不讓他進廁所，只好墊腳、伸長脖子往裡頭好奇張望，「怎樣、怎樣，有看到什麼？」

「頭骨！下水道裡面卡著一顆頭骨！」鑑識人員邊喊邊將頭縮回來。

「屁啦怎麼可能！」志剛反射性地說，「這廁所都用了好幾年了！」

「當然有可能。」吳常邊說邊走過來，「成人的頭顱平均重量是五公斤。如果水池在犯案之後只洩掉過一次水，也就是陳小環打開水門的時候，沒把九顆頭骨全都沖走，那麼之後改建成廁所，單憑竹筒沖水的水量，就很難再將卡住的頭骨沖走了。」

「天啊……是奇蹟吧！」潔弟不敢置信地說。

她原本還想，只要能找到一些髮絲、碎布還是血跡什麼的，證明凶器是水門，不是那把大刀就已經很難得了，沒想到這下子連受害者的頭骨也找到了。

那位鑑識人員也是個拚命三郎，水門附近的跡證採集完成之後，眉頭皺都不皺就跳下排水道，一寸一寸地拍照、採證，蹲在裡頭足足待了一個多小時。

鑑識人員每個都是志剛的大姑爺、大姑奶奶，他們這次肯這麼大陣仗出馬，全是賣志剛的面子。所以在地下水道蒐證的過程中，志剛雖然又期待又怕受傷害，卻也催他們不得，只是焦灼難耐地一直在廁所外來回踱步。

第一、第二顆頭顱陸續送了出來，被另一位鑑識人員妥善收進屍袋。

當鑑識人員將第三顆頭顱帶上來時，志剛一副自己得了奧斯卡最佳男主角一樣，立即高聲歡呼、揮舞著拳頭。

「YES！三顆！」志剛興高采烈地大叫，「這不叫老天開眼叫什麼！」

「這下逮到你的小辮子了吧！」他像個神經病一樣，自顧自地朝空氣撂狠話，「我看你還能躲多久！就不要讓我逮到你，不然我就剪你小雞雞！」

鑑識人員現場從耳飾、頭骨尺寸、顴骨、眉弓……等幾個顱部特徵，初步判定三名死者皆為成年，兩男一女。

潔弟、吳常、志剛當然也知道更確切的結果，還是要透過鑑識中心實驗室精密儀器分析才能出來。但不只是志剛，此時潔弟心裡也十分激動。

這一階段的發現對於已塵封超過一甲子的舊案來說，已經是前所未有的重大突破了。

＊＊＊

原本潔弟以為鑑識結果還有得等，沒想到，針對水門一處犯罪現場的鑑識、屍檢報告在第五天就出爐了。

雖然已事隔超過一甲子，骨骸採集和ＤＮＡ鑑定理論上應該非常困難，但相驗和鑑定過程卻出乎大家想像的順利，連法醫和鑑識人員都嘖嘖稱奇，直道冥冥之中有保佑。

除了拜現今鑑識技術昌明之賜，還要感謝披星戴月的法醫和鑑識人員外；最重要的就是陳家後人之一，也就是當年在國外趕不回來過年的陳家怡，願意提供自己的ＤＮＡ樣本作為參照組。

六十幾年前，滅門斷頭案發生時，季青島還沒有ＤＮＡ鑑定技術，無法準確判定受害者身分。但照理來說，遭斷頭的九位受害者應該就是一起吃團圓飯的若松、若竹、若石、若荷四對夫妻，以及若石的兒子——家慶。

然而，現在鑑識結果指出，水門一處犯罪現場雖奇蹟似地成功採集到九名死者殘留下來的碎骨等微量生物跡證，當中卻只有五人與陳家怡有親屬關係，而且少的恰巧就是家慶的ＤＮＡ。

同時，那三顆頭顱當中，一人正是陳家怡的父親——陳若松；另一人是三少奶奶——謝芸芃；第三人竟然是位二十歲出頭，與陳家、謝家都毫無血緣關係的男子！

「也就是說，這次我們終於找到陳家慶從頭到尾都在自導自演滅門案的有力證據囉！」潔弟站在電視機前面，興奮地尖叫道。

「並沒有。」吳常靠在新的麂皮沙發上，悠哉地喝著義式熱咖啡。

「這頂多只能證明死了一個沒有陳家血緣的人，不能證明真正的陳家慶當時沒有死。」志剛悶悶不樂將手中那杯冰可樂咕嚕嚕地灌下肚，像在借酒澆愁一樣。

「為什麼！」潔弟不滿地大喊，「明明就是他狸貓換太子嘛！」

「那他換了誰，妳是知道喔？」坐在單人座沙發的志剛，沒好氣地白了她一眼。

「呃這，我怎麼會知道啊。」

「很難猜嗎？」吳常對潔弟眨眨眼，提示道，「妳忘了當年偵訊陳府下人時，有一個人恰巧就是長相無法識別嗎？」

「操！」志剛嗖地一下站起身，像是沙發突然通電一樣。

「你指的是，」潔弟瞪大眼睛說，「謝阿棟！」

第十五章
轉運蓮

「是陳阿棟！虧妳還有陳小環的記憶，連這都會記錯！」志剛嘆了聲氣，再次坐下沙發。

吳常說：「我看到當年『陳阿棟』的偵訊紀錄時，就猜測假扮阿棟的人會不會就是陳家慶本人。畢竟找他人扮演阿棟應訊，有可能會被識破而弄巧成拙。與其如此，不如與阿棟熟識的陳家慶自己扮演，如此還可以趁機打聽檢調目前查到了什麼。」

「喔。所以有可能是陳家慶找陳阿棟當替死鬼，後來又頂替了陳阿棟的身分。」潔弟不好意思地搔搔頭。

其實不只是陳小環的記憶，她在陰間時也在禁丘上讀取過陳若梅的片段記憶。若梅的記憶畫面裡，祂一直處心積慮想復仇的對象是位家住獨棟豪宅，看起來貴氣十足、略顯霸氣的中年男子。

當時潔弟直觀地以為中年男子就是犯下斷頭案時的長相，卻忽略了若梅找到主謀的時候，已經過了許多年；當年年僅十五、六歲的家慶，也已成了中年人。

由於他外表改變許多，潔弟之前壓根沒把他跟家慶、阿棟聯想在一塊，只知道他是當年與陳家聯姻，同為地方名門的謝家人。

而六十幾年過去，如今謝家更是如日中天，朝野上下、政經兩界皆多有涉足，就連許多政商大老都得敬他們三分。家世顯赫至此，不可同日而喻。所以潔弟才認為，即便找到證物，要主謀伏法也還是難於上青天。

「不管怎麼說，他早就不叫陳阿棟了。」志剛說，「那老狐狸早就認祖歸宗，改名換姓，去當謝家名義上的義子了。」

「謝澤芳。」吳常接著說。

「真的假的！」潔弟當下也是大驚，「謝澤芳耶？」她還以為主謀只是謝家其中一人，沒想到居然是如今的副總統！

志剛轉頭看向吳常：「原來你早就知道是他了。」

「算不上知道，只是推論，還沒有確切證據。」吳常放下咖啡瓷杯，「如果他接受親子鑑定，也許就能證明他是那九位亡者中，金蟬脫殼的家慶。」

「嗯……」志剛搓搓下巴青色的鬍渣，「倒也不是沒有辦法。」

「還有，即使證實他就是家慶，也還是沒有充分罪證證明是他一手策劃這場斷頭案。」吳常又說，「最後一步棋，就是要他親口認罪。」

聽吳常這麼一說，潔弟不禁毛骨悚然。現在想想，都覺得人比鬼可怕。

一個十五、十六歲的學生，怎麼有辦法構思出計劃這麼縝密、殘忍的犯罪？而且下手的對象還是自己的家人，甚至連親生父母都不放過！

人心的惡毒，真的沒有盡頭。

***

陰間忘川河的河水來自聳拔壯闊的馬蹄型山崖，沖刷而下的九道瀑布，合名為「九泉」。

山澗溪水涓涓，九泉之下，水聲轟然作響，氣勢如萬馬奔騰。條條雪白的水龍自陡峭的岩壁飛瀉而下，頓時拋灑出萬斛珍珠。在空中懸浮、燦若星辰的萬千燈石光暈下，閃耀著內斂的光華。

瀑布的上游，有大小二池，名為「浮生池」與「若夢池」。前者池中生的是娉婷的「命蓮」，後者則是「運蓮」。

若夢池中，每朵運蓮皆對應凡間一人，花瓣的數量則對應其陽壽。每一年過去，一片花瓣便會自花苞垂下，卻不枯萎凋謝。待所有花瓣垂落，整朵蓮花呈盛開之時，便是生命告終圓滿，運蓮也將轉眼化為池底淤泥，好孕育新的蓮苞。

藍袍陰陽司判官步伐穩健優雅地走在池水上，如履平地。祂撥開一片又一片碧綠的蓮葉，停在謝澤芳的運蓮前。

冥眼一掃，其一生的運勢都在眼前裸裎，無所遁藏。

然而當祂一覽生死簿，卻立即察覺事有蹊蹺。

謝澤芳命宮屬「破軍」，七十歲前，屢犯煞星，終其一生都可說是運勢高低起伏、極不平穩。可是，運蓮花瓣所呈現的，卻幾乎都是福相。

藍袍判官又拿出算盤撥弄推敲一番。半晌後，祂才清楚為何謝澤芳近六個「大運」都與生死簿記載差得天南地北。

每年運勢是為「流年」，十年主宰為「大運」。判官祂之前怎麼也沒想到，陳德皓那廝妖人道行竟如此了得，能連改謝澤芳六次大運，讓其財祿亨通，所犯下的無數罪行又始終都能順利瞞天過海。想必依附謝澤芳的陳德皓，此舉是為了避免樹倒猢猻散的下場。

而運勢一旦被人為刻意改之，運蓮也會立即感應，並偏移其蓮瓣方位，這才讓藍袍判官發現其蓮相與生死簿有所分歧。

「既然如此，我此番作為非但不算小人，反而是撥亂反正。」

藍袍判官說完，劍指一比，運蓮登時旋轉了起來。判官手指一捻，花苞上十片花瓣同時傾向蒼穹的煞星「陀羅」之位。判官又伸掌止住運蓮。

改運即成。

轉運蓮不同於動命蓮，無法斷生死，卻能改吉凶禍福。藍袍判官一動大運，陽間也將立即天人感應，深受影響。

＊＊＊

浮生、若夢池之上，高懸於天際間的無數宮殿闕樓之中，閻羅王與紫袍掌奏判官兩位並肩站在五殿後方，憑欄靜靜看著藍袍判官轉運蓮。

「陰陽司判官此舉，即便是當權者也會即刻殞落。陽間將有一番震動了。」紫袍判官說道，「看來王亦潔一番話，打動了大王。」

閻羅王自然清楚屬下話中有話。表面上是祂默許藍袍判官的請求，實則就是祂決定插手干預此事。當初藍袍判官懇求轉運蓮一回，目的是為子孫避禍，可不是用來助王亦潔的。

「率土之濱，莫非王臣。世人僅看到這至高無上的權力，可又有誰真能明白本王肩上的重擔？」閻羅王摸摸下巴繫著的朱紘，又嘆道，「芸芸眾生，來來去去，世間哪怕一草一木、一沙一石，都是本王的子民。本王向來誇口自己愛民如子，卻對陽間冤屈受苦之人冷眼旁觀，實在諷刺。這陳小環一而再再而三地伸冤，本王如何能再撒手不管？」

「但願陳小環這世，」紫袍判官說，「真能如願以償，沉冤得雪。」

「唉，但願吧。」閻羅王撫鬚，遠遠目送藍袍判官步出若夢池。

＊＊＊

正午時分，總統府辦公室內，黑茜向沈總統說明來意，請沈總統不要干預即將對副總統展開的諸多弊案調查。

「我們才就任不滿一年，要是副總統出了事，引起朝野震盪和一連串清算該怎麼辦？」沈萬合總統面有憂慮地說，「再說，澤芳與我奮鬥這麼多年，現在不只是我們愛民黨的棟樑，也是我的副手，我怎麼可能不關切呢？」

若不是黑茜早就習慣爾虞我詐、勾心鬥角，也許會輕信面前這位身穿筆挺深藍西裝、黑髮後梳油頭，看起來斯文精明又不失英氣的男人，是位滿心憂國憂民的統治者。

她放下手上這杯桂花烏龍茶，面無表情地對總統說：「在明眼人面前，就別在這邊貓哭耗子假慈悲了。」

「妳這麼說是什麼意思？」總統蹙眉道。

「一將功成，萬骨枯。你我都是站在金字塔頂端的人，誰不是踩著別人的屍體上來的。你時間寶貴，不如我們就開門見山吧。我說的弊案，不只是行賄，還有好幾樁教唆殺人的重大刑案。」

「你們有確切的證據？」總統試探性地問。

「只要你不插手，」黑茜點頭說道，「證據還會越來越多。」

「那我為什麼不把這些把柄掌握在自己手中？澤芳下台對我來說有什麼好處？」

「好處說不上，明哲保身就是了。」黑茜看了一眼腕上的陀飛輪機械錶說，「我們打開電視看一眼不就知道了？」

「故弄玄虛。」總統挑了挑眉，按下遙控器按鈕。

電視螢幕一亮，固定收看的新聞台女主播，正在播報午間新聞，底下跑馬燈的新聞標題：《除夕夜遭斷頭滅門震驚全島，今出現翻案新物證》

「斷頭滅門？」總統神情有些不解。

「聽說當年可是轟動全島。或許你當時還沒上小學，所以對這起命案印象不深。」黑茜說道。

「根據知情人士指出，」女主播字正腔圓地說，「當年這起『陳府滅門血案』手段極度兇殘、令人髮指，引起社會關注與恐慌。警方在七天之內便神速破案。然而，破案當天，負責偵辦此案的刑警和檢察官也因匪諜罪，與滅門案兇手於同一天處以槍斃……」

「你是說這樁案子跟澤芳有關？」總統不可置信地說。

「是。而且新聞很快就會跟著偵查進度延燒到副總統，你的立場很快就會成為輿論焦點。」黑茜又說，「我還可以大膽假設，到時候每一台新聞台都會跟現在一樣，繼續播報這件案情的後續發展。」

「澤芳被定罪對妳來說，又有什麼好處？」總統反問，「妳現在已經是法國人了，為什麼要干涉季青島的內政？」

「我們公司非常希望有機會能與貴政府長期合作。不過現在看來，要長期合作恐怕很難。」

「怎麼說？」總統對於這位面無表情又話中有話的年輕女子很是反感，但又不能不保持國家元首該有的風度。

「我是一個商人。沒有商人會想做沒油水的買賣，更不會樂見只做一次買賣。」

「什麼意思？」

第十六章
輿論

黑茜道：「軍事預算。謝家掌握軍權超過六十年。他們要的回扣越來越多，也連帶地將訂單總金額越墊越高。就算弊案最後沒被揭露、我們公司沒被列入拒絕往來廠商名單，也會因為訂單金額過高，被立委彈劾。國防預算案甚至可能被直接否決、胎死腹中。公司一旦被列入黑名單，要想繼續做生意就難了。我們可不想只做一筆生意。」她話鋒一轉，「再說，據我所知，謝澤芳和你雖然同黨但所屬不同派系。背景的關係，他在軍購案裡能拿到的回扣比你還多。你貴為總統，副手貪得比你還多，這樣你都能忍？」

「留意妳說話的語氣。妳正在跟一國元首說話。」總統沉下臉，將電視關掉，難掩不耐煩地說，「妳這次來就只打算跟我說這些？」

「好心提醒你：我要是你，就會趁這個機會把謝家所屬派系連根拔起、剷除乾淨，重新培養一批自己的人，把政權、軍權牢牢掌握在自己手裡。這樣一來，權勢和財富不就都有了？」

「妳的好意我心領了。」總統冷著臉，「不過我們國家的內政，輪不到一個外國人置喙。而我更不需要一家公司的CEO來教我如何當總統。這次是妳最後一次以軍備展演為由，拿特殊簽證入境，下不為例。」

「你放心。我這次來可不是兩手空空。我們公司的確帶了一批新型產品來展售。不過展演對象在國防部的慎重考量下，最高層只到部長。」黑茜注意到牆上掛著一把古董軍刀，又對總統說，「自古寶劍配明君。但唯有一把，是所有上位者都懼怕卻又無法擺脫的。」她那雙美麗卻冰冷的藍紫瞳直視總統，「寶座上方倒懸的達摩克利斯之劍。」

總統與其四目交接的同時，想起〈達摩克利斯之劍〉這個古希臘傳說，內心的不安與焦躁越發強烈。在黑茜來訪之前，他因握有全部高官首長的機密檔案，而以為自己牢牢掌握總統府。直到方才那則新聞，他才突然驚覺，自己的副手居然有國安局和調查局都沒查到的一段過去！

到底還有什麼是我不知道的？謝澤芳那個老謀深算的政壇不倒翁，是不是還有別的事瞞著我？總統酌思道。

黑茜傾身向前，放低音量，輕聲對總統說：「我們的位子，時時刻刻都搖搖欲墜。一個不小心跌下去，就是，粉、身、碎、骨。」她說完又往後靠上椅背，「這，就是金字塔頂端，不是嗎？」

「我們的面談到此為止，妳可以離開了。」總統冷冷地看著她。

「當然。」黑茜自然清楚分寸的拿捏，伸出手對總統微笑道，「謝謝你撥出寶貴的十分鐘見我一面。」

總統皮笑肉不笑地與她握手，連句客套話都不講，拉開辦公室門，嘴裡只吐出二字：「慢走。」

黑茜邊走出辦公室門，意有所指地說：「真可惜，今天情況要是反過來，對方可不會手下留情。」

她轉頭面向門內的總統，一臉無辜地說：「你該不會以為，他的野心僅止於『副』總統吧？」

一片陰霾立即籠上總統的臉，他下顎收緊、竭力表現平靜，一言不發地將門闔上。

一位一直在迴廊上等待的祕書室助理急忙上前，對黑茜說道：「這邊請。」

黑茜跟著她走下階梯往塔樓側門移動，嘴角有那麼一秒微微上勾。

歷朝歷代的統治者，不論古今中外，不論聖明昏庸，通通都具備三個人格特質：自私、善妒和多疑。

而剛才與總統四目交接的最後那兩秒，黑茜從對方眼神中看到了「動搖」。

任務完成。黑茜胸有成竹地想。

＊＊＊

星星之火，可以燎原。數簇火星從全島最大的ＢＢＳ站和網路前幾大社群、論壇同時燃起。經過無數網友按讚關注和轉發分享，各大網路、電視媒體和報章雜誌，以越來越多的篇幅來報導約一甲子前的「陳府滅門斷頭案」。

消息越演越烈，不少電視節目名嘴爭先恐後地拾人牙慧，拿網路上流傳的陰謀論當作是「可靠消息」，在晚間黃金時段的節目上大肆「爆料」，並且如串粽子般帶出另外四宗罪。而這一系列舊案也引起全島熱議，成為全民最關注的時事話題。

經過幾天的延燒，網路上關於「斷頭案」、「陳若梅冤死案」和「孫楊叛國案」的謎團和案情癥結點，皆導向季青島名門之一，也就是陳家當年的親家「謝家」。

位居政府高位的謝澤芳副總統自然首當其衝，成了各家媒體詢問採訪、追逐跟拍的首要目標，一舉一動都成為矚目焦點。

潔弟與志剛、小智在吳常套房客廳中，觀看謝澤芳在路上被記者包圍提問時的電視新聞。倒是吳常對新聞報導一點也不感興趣，正坐在沙發一角，自顧自地敲著筆電鍵盤改寫雷斯特的程式。

謝澤芳受訪時的形象，依舊是一貫的神采奕奕、謙和睿智。對於記者的追問，一概以同一個答案回覆。

「這些消息都是空穴來風，是有心人士惡意栽贓、抹黑。幕僚團隊已經在蒐證，不排除追究法律責任。也請民眾千萬不要相信，也不要跟風造謠，否則需負連帶法律責任。謝謝大家關心。」

「志剛啊，這些小道消息該不會都是你在搞鬼吧？」潔弟狐疑地看著他。

「廢話！」志剛邊吃廖管家端上來的水果，邊回答她，「要不然是死人自己開帳號爆料喔！」

「這樣聲張不好吧。感覺謝澤芳會更想要找機會打壓你們警方，把這件事情壓下去耶。」她擔心地說。

小智邊吃鳳梨，邊狂點頭附和她的話。

「你們懂個屁！」志剛吐著西瓜籽，用鼻孔瞪她跟小智，說道，「我就是要把事情鬧大！你們接下來就坐著等看好戲吧。」

小智想起偵辦工作上面臨的問題，立即開口說：「唉說真的，其他幾件案子就算了，斷頭案這件我還是有很多地方沒搞懂耶。」

「帶糯米腸去重建現場啊。」志剛又吐了一口西瓜籽，對吳常說道，「反正現在已經完成鑑識蒐證工作，村內、院內的屍骨、證物也都帶走了。」

「這種無聊的犯案過程你們自己模擬就行了。」吳常冷淡地說。

「啊剛才小智不是說了嗎，還有很多疑點沒有釐清。你又不解釋一下，是要我們怎麼模擬？」志剛一手蓋住吳常筆電鍵盤，瞪著吳常說，「你他媽的當初不聽別人勸阻，自己去挖了個陳年糞坑，現在屎都挖出來了，就打算鏟子丟一邊、拍拍屁股走人嗎？那你跟當初那些拉屎的有什麼兩樣？」

「手拿開。」吳常冷眼斜睨志剛一眼。

「偏不！」志剛一臉欠揍地說，「你能拿我怎樣？有種單挑開鎖啊！」

吳常忽然放下筆電、站起身，面無表情地走進表演排練室。

「他幹嘛？生氣囉？」小智問說。

「都是你啦！」潔弟生氣地罵志剛，「沒事一直屎來屎去的！自己手黏搭搭地還糊在別人筆電上！」

她正要跑進排練室關心吳常，他就迎面朝她走出房門，一手將她輕輕撥開，一手舉起一把橫放的黑弓，冷藍色的雷射光瞄準正要接電話的志剛。

「咻！」一枝全黑的箭快狠準地朝志剛射去！

這攻擊來得太快、太出乎意料，潔弟完全反應不過來，來不及出言警告，只能下意識瞪大眼睛順著飛箭看向志剛。

志剛新買的手機瞬間就被射個對穿，正式壽終正寢。正要接聽來電的他，手懸在半空中，徹底呆掉。

「十字弓！」小智驚喊。

「是十字連弩。」吳常糾正道。接著想起連弩可以連發，舉弓的手一偏，朝小智射出第二枝箭！

志剛的反應極快，在毫秒之內將小智推開，那枝箭轉而射爆從小智手中飛出的那片鳳梨，深深埋進沙發椅背！

小智倒在沙發扶手上，愣愣地盯著那枝與自己擦身而過的箭，吃驚到說不出話來。

嚇傻的潔弟終於找回自己的聲音，拉住吳常的手，高喊：「你幹嘛啊！」

「順便。」吳常好整以暇地回她兩字，好像這就足以說明一切似的。

「靠夭咧，你不要那麼記仇好不好。」志剛沒好氣地說。

潔弟硬是從吳常手中搶下連弩，把它往排練室一扔，將他推到客廳，擋住排練室房門，不讓他進去。

「君子報仇，十年不晚。」吳常轉頭，一臉不滿地對志剛說。

「喂，小智那個時候又不是故意射潔弟的。再說，」志剛對潔弟努努嘴，「人家都原諒小智了。你是在打抱不平什麼？」

「鄉愿。」吳常低頭瞪她一眼，神情盡是鄙視。

她這才恍然大悟：原來是在說，小智在老梅村開槍差點射到我的事啊！

接著她揪住胸口衣服，開始擔心地想：好可怕。我以前有沒有得罪過他啊？

就在她憂心忡忡之際，吳常便逕自走進書房，將門鎖上。

第十七章
解謎

午後的陳府大院，坐北朝南、面對田埂的大門，與左右兩旁綿延數十公尺開外、高聳龐大的玄灰色府牆，不僅顯得宅邸威嚴氣派，更帶有一絲神祕與肅穆。

沒了迷霧隱蔽，又不再處於跟時間賽跑的情況下，潔弟第一次有機會看清陳府南面的全貌。

她、吳常、志剛和小智四人，一同站在大門前仰望門楣上「陳氏孤兒院」的木頭招牌。大概是都感慨萬千的緣故，難得四人同時佇立在石階上，靜默無語。

關於陳府的祕密，這個世界上，恐怕知道最多的，莫過於潔弟，還有那個該受千刀萬剮的謝澤芳。又或者該說，陳家慶。

「都安排好了嗎？」吳常問志剛道。

「當然。」志剛看向小智，手勢一比，示意開始行動。

小智率先進入陳府，通知裡頭配合犯案模擬的警員各就各位。

潔弟則是以吳常助手的身分，一同跟在他和志剛身後，進入案發現場。

進到內院以後，在開始模擬犯罪過程之前，吳常先向他們解釋滅門斷頭案的兩項準備工作。

其一、為了犯案，陳家慶用計說服當時的新當家——陳若松，在內院按設計過的草圖建水池，上頭還煞有其事地另設雅致的亭台水榭。

志剛問道：「可是當時民風迷信，西南方位是五鬼之地，應該不少人都知道這點，怎麼會同意把水池蓋在那？更何況水池是在斷頭案發生的前兩年建的。那個時候陳家慶才十三、十四歲。陳若松那時已經是一個商場鉅子，為什麼會聽信一個才國中年紀的侄子？」

「聰明反被聰明誤。如果不是陳家慶親自出面，而是鬼術師德皓做說客，以風水為由，建議陳若松興水池藏風納財，那可就不一定了。」吳常提出這個可能。

志剛又問：「還有，後院本來也有個小水池。為什麼當初陳家慶不直接改那水池的水門作為殺人工具就好，還要勞師動眾地在內院冒著被識破的風險，另外建立一個水池？」

「距離和時間。」吳常先指向東棟房舍，再指向西南角的廁所，「你們還記得，除夕夜的煙火嗎？那場煙火規模盛大。老梅村裡除了陳府有這樣的財力以外，無人能出其右。之所以被移到離陳府有段距離的地方施放，就是為了轉移村民的注意力。但是施放的地點也是經過巧妙設計，距離太遠的話，就無法藉煙火的巨響遮蔽斬頭和陳家人呼救的聲音。」

吳常才說到一半，志剛就已全盤了解，自行推論道：「明白了。殺手利用煙火施放的短短幾分鐘內，斬九具屍體，所以那晚才沒人聽到陳府有什麼動靜。但也正因如此，作案時間有限，所以才在離飯廳較近的位置建水池，方便殺手就近斷頭。」

「沒錯。」吳常點點頭，補充說道，「雖然最近的位置是建在東廂房的飯廳旁，也就是東南角。但這麼一來，水池和飯廳的距離反而近得危險，很容易讓警方將兩者聯想在一起，警方就很有可能將水池的水洩掉，進而發現小水門『不尋常』的地方。」

「可是殺人的方式這麼多種，為什麼一定要斬頭啊？」潔弟納悶地問道，「而且，吳常，你又是怎麼知道其中一個死者其實是詐死的？」

「斷頭案明顯是事先預謀已久的謀殺。古今中外多個經典犯罪案例中，非臨時起意的斬頭式行兇，除了『行刑式殺人』這類儀式象徵的原因外，另外一個目的就是為了隱藏或混淆死者身分。」吳常解釋道。

「殺人就殺人，竟然還有什麼『經典』！」潔弟難以置信地說。

「接著說下去吧，」志剛催促吳常說，「我猜你要說第二項準備工作，與鞭炮有關，對嗎？」

吳常點頭，看志剛的神情中頗有讚許之意。

其二、為了支開當時陳府唯一的下人——陳小環，而且要她沒辦法在短時間內回到陳府，陳家慶選擇將大年初一要放的鞭炮弄濕。

一來，一般店家在除夕這天是不營業的，小環若要買大量的鞭炮，就只能到就近的金山鎮上碰碰運氣。這樣騎腳踏車來回一趟，回到老梅村也已經是深夜了。二來，柴房就在灶腳旁邊，鞭炮放在柴房那，親自下廚的少奶奶們，就算下午時沒發現鞭炮濕掉，在傍晚添柴燒飯時，也一定會進出柴房。一旦發現鞭炮全毀，使喚小環立刻去採買也是遲早的事。

「那為什麼要支開小環？陳家慶該不會暗戀她，捨不得殺她吧？」潔弟亂猜道。

「做妳的白日夢吧！」志剛揶揄道，「依我看，小環跟若梅都只是整起斷頭案的棋子，各自被陳家慶安排當不同的角色。一人當代罪羔羊，一人當目擊證人。至於誰當哪一個，大概是取決於兩人進府的順序吧？」志剛看向吳常。

「對。」吳常同意道，「不管如何，陳家慶一定會想辦法錯開兩人進府的時間。放火之前進來的，就是被設計的兇手；放火後的，就是目擊者。」

「他連『要嫁禍的對象』都事先想好了？」潔弟驚道。

同時想起，若梅在除夕夜當晚，在家等待小環來時，曾經有聽到屋外的敲門聲。接著，她又在門外地上看到兇手事先偷來的小環髮圈。出於擔心，才想去陳府確認小環是否無恙。

原來那晚的敲門聲和髮圈都是陳家慶事先安排好，差人引若梅出門、一步步邁向陷阱的伎倆。

「前置作業說完了，」吳常頓了頓，對他們三人和現場其他警員說道，「現在我要你們想像自己跟著我，回到那年的除夕夜。」

潔弟閉上雙眼，前世的畫面一幕一幕自腦海中浮現。

＊＊＊

再次張開雙眼時，眼前不再是屋況凋零斑駁的三棟水泥房、褪色殘破的天棚、寒酸窘迫的露天課桌椅，和那陳舊簡陋的茅房。而是建築壯闊氣派，處處雕樑畫棟、輔以花鳥吉獸彩繪飾樣，盡顯豪奢、巍峨氣象的陳府大院。

約莫一甲子前，寒冬中的除夕夜。陳家人正聚在東廂房的飯廳享用團圓飯。吳常略帶磁性的迷人嗓音屢屢在潔弟耳畔響起。在她的想像中，她自己、吳常、志剛和小智是如透明人般的旁觀者。

除了陳家慶以外，飯廳內尚有四個成年男子，是這次行動中的主要阻礙。也就是說，至少要讓這四人沒有反抗能力。但是要怎麼做，才能不著痕跡地做到這一點？

志剛說：「我第一個猜的就是下毒。但這又與屍檢結果不符。因為九個死者胃裡有全部的年菜，而且都沒毒物反應，所以也不可能是下在酒裡。退一萬步說，就算真的是某種驗不出來的毒好了，」他嘆了一聲又說，「隔了六十幾年，當時是怎麼下的毒，又下的是什麼毒，現在恐怕也已經無法釐清了。」

「我也是這麼認為。但阿棟的偵訊供詞給了我靈感；如果阿棟真的是陳家慶假扮的，那陳家慶會不會無意中說出了實話：他真的對魚過敏？」吳常繼續推測道，「魚肉象徵著『年年有餘』，幾乎可以說是年菜必備的菜色之一。案發現場的飯廳和死者胃袋裡也都有年菜魚。假設陳家慶確實對魚過敏，而且陳家只有他對魚過敏。那麼只要把毒下在魚肉那道菜中，陳家慶就可以很自然地避過不吃，也不會惹人懷疑。」

志剛說：「那你猜可能是什麼毒？」

「我猜有可能是某種難以檢測出來的輕微毒素，像是『鬼傘素』。鬼傘屬的菇類含有『鬼傘素』，本身毒性輕微，不致死、也不會使人昏迷，所以大部分誤食者都無大礙。但是它會干擾人體的酒精代謝功能，所以鬼傘素的毒性只有在『酒精』存在下，才會導致進食者出現明顯中毒症狀，像『嚴重宿醉』，會臉潮紅、頭暈目眩、心跳加速、步伐不穩，也有可能會嘔吐等等。那道年菜魚不一定要加入菇類，只要淋上事先煮好的菇汁，毒素就會滲入魚肉和湯汁中。」

志剛恍然大悟，接話道：「鬼傘素會影響肝的解酒能力，所以肝指數會飆高。但是人一旦喝酒，本來肝指數就會升高，所以很難檢測出異常。而陳家慶可能在行動前給阿棟和其他殺手準備了年菜。雖然與陳家人菜色一樣，但是他們沒有喝酒，所以沒事。」

「沒錯。」吳常繼續說下去。

與此同時，蒙面殺手們可能以陳家慶事先提供的備份鑰匙，自人煙最少的北門，也就是後門闖入。接著一路長驅直入，經過潔弟他們面前，進到飯廳，假意挾持位子坐離門口最近的家慶。以入室搶劫為由，要陳家人配合。

有了家慶這個看似隨意挑選的人質，再加上四個大男人都已因中毒而醉得東倒西歪，女眷們一時都不敢輕舉妄動。殺手拿出事先備好的繩索，要求八人互相將彼此反綁雙手，最後剩下那一人則由一個殺手親自綁緊。再用布條將九人口部塞住。接著將家慶以外的八人套上麻布袋背對飯廳門口，使他們無法確切得知外頭情況。因此儘管殺手只有三人，還是很快就控制住局面。

第一個殺手口頭要脅家慶帶他去拿府上值錢的寶貝。其實他老早就知道府上古董財物所藏之處。之所以這麼說，只是要把家慶帶離飯廳，讓家慶有時間騎腳踏車，將柴房裡的煙火運去特定地點，在約定好的時間施放煙火罷了。

第二個殺手負責先一步洩掉池水。他在關閉水池入水閥門、開啟排水的小水門後，便前去與第一個殺手會合，一同搬運金銀財寶。

第三個殺手則是在這段時間內，負責監視並將飯廳內的八位陳家人的頸部如串粽子般綁在一起，以防他們脫逃。

等到約定動手的時間一到，水池也早就見底了。不論當下值錢的東西是否搬完，殺手們都必須回到內院集合，準備進行這趟任務最重要的階段——滅口。

午夜一到，一發又一發絢爛璀璨的煙火在黑夜中此起彼落地爆開，為陳家人敲響了喪鐘。

在夜空澈底暗下之前，頸部被綁在一起的八人魚貫被送上斷頭台。

然而，其中一個蒙面殺手萬萬沒想到，主子給他行動前吃的異常豐盛的年菜，是他最後的晚餐。他在八人被陸續砍頭後，馬上就被另外兩個殺手幹掉，頭顱跟著前面八人一起滾入陰暗濕冷的地下排水道。而他的軀體，則成為第九具無頭屍。

那個蒙面殺手，正是三少爺若石和陳家慶的心腹——陳阿棟。之所以選擇他當替死鬼，最大的原因是他與陳家慶的身材體格相仿，其次才是因為陳家慶對他極為熟悉，能輕易模仿他的言行舉止。

為了不讓警方懷疑這水池，殺手們按照計劃故佈疑陣，將繩子解開，屍體分佈內院各處，頭分別朝不同方向，再隨機砍屍體幾刀，製造錯誤的死因，混淆警方偵查的方向。此外，他們也將麻布袋和繩索帶走，以免警方從做案工具中回溯、找出其他線索。

「案發時，警方發現，男性屍體都剛好靠近內院南方迴廊或西廂房。但其實這說法不夠精確。」吳常指著內院西南角說道，「靠近的，應該是水池才對。殺手在移屍時，不自覺將較輕的屍體，也就是女性屍體移動得較遠。」

「陳若梅先陳小環一步走進陳府，躲起來的殺手趁機從背後將她打暈，再將其中一把作案的刀放在她身旁。接著縱火，再走原路，從進來時的北門離開。」志剛推論道。

第十八章 動機

在場警員見模擬結束，就將地上扮演陳家人和阿棟的假人立刻收起。而扮演殺手的兩位警員則趕緊用滅火器撲滅現場的零星火花。

「而火場高溫不只會使無頭屍支離破碎，還有可能造成烤焦碳化，導致傳統的身分鑑別技術無用武之地，因而無法辨識出死者身分。」吳常說道。

「什麼是傳統的鑑別技術啊？」潔弟問道。

「就是一個人的特徵嘛。就像五官、牙齒、髮型、身高、體重、性徵、疤痕、刺青……這些啊。」志剛解釋道。

「喔喔，」潔弟慶幸道，「那真的是還好有找到陳阿棟的頭顱耶，至少後續比對ＤＮＡ就有機會證明死者真正的身分是陳阿棟吧？」

「等一下、等一下！」小智又問：「有一點我還沒想通！那台沾有血跡的腳踏車又怎麼解釋？」

吳常正要開口，志剛就比手勢要他安靜，很有把握地比比自己說：「這我來就好。」

「六十幾年前，」志剛說，「還沒有什麼行動通訊設備，放完煙火的陳家慶不放心，就換上預先準備好的衣物、喬裝打扮後，偷偷摸摸回到陳府外，想確認任務有沒有完成。」

他邊說邊領著他們走到大門口，繼續解釋：「陳家慶看見大門前停放一輛裝滿鞭炮的腳踏車，就知道是陳小環已經進府了。他心生一計，與北門出來的殺手匯合時，要其中一個殺手載自己離開，另一個趁四下無人，將陳小環的腳踏車騎到綠石槽丟棄，所以車上的血跡是殺手們沾染上去的。」

「這樣一來，就可以誤導警方頭顱拋棄的地點。」吳常補充道。

「二來，」志剛又說，「如果小環有心幫若梅隱瞞手中拿著凶器的事，反而會讓自己顯得更像幫兇。這樣，『陳若梅殺人』這個推測，也就顯得更合理可信。」

「嘿，」志剛接著痞痞一笑，回頭看著陳府大門，語氣嘲弄地說，「滿腹心機的陳家慶都已經想到、做到這個地步，可是還是沒辦法讓自己完美脫身。」

「唉，看來這個世界上果然沒有 perfect murder。」吳常仰頭看著青天說道。

「你是在嘆息個屁啊。」潔弟瞪他一眼。

「啊？」小智一臉納悶地對吳常說，「你最後幾個字是在說什麼？」

「毫無破綻的謀殺。」潔弟替吳常說道。這些日子跟在他後面白吃白喝，多多少少也學到些東西。

＊＊＊

副總統辦公室內，謝澤芳坐在沙發上，面色陰沉地看著午間新聞。

幾十年來，他處心積慮抹滅相關證據的陳年舊案，如今居然再次被搬上檯面！

往事飛快地在腦中輪播，他感慨地想：我哪一次不是出於無奈，才先下手為強？為什麼這些來路不明的傢伙要緊緊咬著我不放？家家都有本難念經，怎麼他們就不懂？為什麼要為難我，對我窮追猛打？

身為名門聯姻之後，表面上是何等風光，但是背地裡的心酸又有誰知道？

他爸爸——陳若石手上就只有那六間古董店，能有什麼出息？這點破生意，跟大伯、二伯相比，簡直九牛一毛、微不足道。收入連靠收租的大姑、小姑都比不上。

偏偏他爸爸又是個不思進取、沒有半點野心的廢物。從來不過問生意，連自己店裡雇了哪些人都不清楚。整天吃喝嫖賭就算了，還沾染毒品。最後，不只毒癮纏身，還賭債高築。但出於面子，若石一直沒讓兄弟姊妹知道，也沒跟他們要過錢。

他媽媽——謝芸芃就不一樣了。軍人世家出身的她，反而從小帶著他往店裡跑，要他跟在店裡管事的叔叔身邊學習經商。

打家慶有記憶以來，媽媽總是耳提面命地教他：「成大業者，唯己不棄。」

這句話，他聽了不下上千次，但是年紀還小的他，還不是很明白這其中涵義。

直到有天，他不小心偷聽到爸媽說話，無意中得知大伯、大伯母在年輕的時候，曾跟爸媽那輩聯合起來，買兇殺了大姑和她的未婚夫。

雖然爸媽一直很扼腕大姑沒死，沒能搶走她名下的資產，但在那一刻，他才終於明白，媽媽教他的那句話是什麼意思。

成大業者，唯己不棄。為了成就一番事業，除了自己以外，沒有什麼是不能割捨的。就連骨肉至親的命，也隨時可以捨棄。

他感到豁然開朗。

但是，當時天真的他以為，憑自己的能力，就能打下一片屬於自己的江山，根本不用牽扯到家人。

家慶十三歲那年，乞丐打扮的德皓找上了謝家，為幾位謝家人摸骨看相，無一不準。接下來預測之事，也都料事如神，被謝家奉為上賓。

當時他一見陳家慶，便惋惜地說：「鴻鵠之志，麻雀之命。」

謝芸芃求德皓幫他改運，德皓倒也不推辭，爽快地一口答應，還獻策給謝芸芃和古董店幾位可靠的管事，利用若松、若竹掌管的海運、河運通路，以古董掩護，進出口走私。如此一來，便能在短時間內還清若石在外積欠的賭債。

大伙心想，憑藉著謝家這邊的軍官人脈，把持通商港埠的稽查不在話下。也就是說，從進出口搬箱運貨、河海運的人員和稽查人員通通都可以安排自己人。這法子可行啊。

自此，古董店藉著這樣的方式神不知鬼不覺、暗地裡牟取暴利，很快就還清了賭債，還有一大筆資金可以用來另外發起海內外貿易。

家慶滿心期待著自己成年的那一天。到時候他就可以以自己的名義，出外打拚一番事業。屆時功成名就，不過是探囊取物。

豈料，有次商船進港卸貨的時候，一批古董裡的花瓶裂了開來，裡頭的黃金自裂痕中露出閃耀的光芒，好死不死這一幕被正在碼頭巡視的大伯若松撞個正著！

若松是個表裡不一的人，為人雖陰險，可是將名聲看得比什麼都還重。他馬上就命人舉報那批貨。

港口稽查人員平時都是睜一隻眼、閉一隻眼，但是這回是陳當家派人檢舉的，自然也不好不受理。所以那批古董就這麼連同黃金一起被扣押了。

同時，若松又氣沖沖地跑去找若石興師問罪，但向來都沒在管事的若石，自然是不知道這件事。他好好待在家召妓，平白無故地被長兄罵了一頓也就罷了，他就算再不濟，聽若松這麼說，也知道自己明明白白因若松舉報的關係損失了一批古董。

幸好後來謝家人出面，把這件事壓下來，將這次扣押的貨發還。雖然那批走私黃金最終有如期交貨，但家慶還是恨壞事的大伯恨得牙癢癢。

從那一刻起，家慶就發誓，他一定要將陳家所有生意都搶過來，掌握在自己手中！到時候就沒有人能再阻止他做他想做的事！

德皓身為謝家的門客，一察覺家慶的野心，便當場表態願助他一臂之力。

而這走私黃金一事並未就此落幕。當晚全家在吃飯的時候，若松又當著其他家人的面辱罵若石一番。

家慶可以從面前幾位伯伯、伯母的眼神中看出，他們都以為自己知道了這件醜事後，就掌握了若石的把柄。

委屈的若石從小與兄妹一起長大，當然也看得出來這點。所以他大為光火，當場連飯都不吃，氣沖沖地上黃包車，出村去找六家古董店管事的人，追究那批走私黃金的責任。

此舉令局內人家慶如芒刺在背。要是查到他身上，全家人皆知的「若石的污點」，就會轉為「他的污點」。更糟的是，要是若石出面制止他，那他之前的努力，以及謝家所有的佈局都有可能會功虧一簣。

所以，家慶決定，先下手為強，將掌握他走私把柄的人全數滅口。

首先，奇人——德皓長住謝家作客一事，尋常外人雖不知道，但家慶有意無意地講給陳家人聽，引起大伯若松的興趣。待德皓應若松之邀，來到陳府時，陳家人都已對他有所耳聞。雖然未必盡信，但對他是以禮相待、敬重有加。

德皓在謝家那，早就探聽清楚陳家的大小事，假借算命一一指出陳家目前面臨的困境，與自家人間的矛盾、煩惱，令大伯若松好生佩服。德皓不過與大伯見過幾次面，便說服大伯在內院興建水池以聚財納寶。

水池一成，謝家慶便開始著手準備滅門的計劃。年紀尚輕的他，人脈不廣、見識也不多，只能從周遭物色殺手的人選。

謝家是軍官世家，戰爭雖已結束多年，部眾仍健在，分散在全島各地。家慶手上很快就有這些表現良好舊部的清單，上頭包括如今在礦區當礦工的李忠、元義……等人。

隨後，礦坑塌陷，這批礦工頓失生計，家慶他以軍官後人的身分，私底下接濟李忠他們。博取信任和忠心後，再以高額報酬請他們執行滅口的計劃。

待滅門計劃完成，大事抵定，家慶祕密聯絡上謝家的阿公，反其道而行，向他開誠佈公，央求他的庇護。

阿公怎麼也無法想像年僅十五歲的孫子會心腸如此歹毒，再加上一夜之間痛失愛女，也就是家慶的媽媽謝芸芃，而受到強烈的打擊，不願再見到家慶。

幾天之後，阿公才在德皓的巧言說服下，答應私下接濟、庇護家慶。

原本家慶以為滅門案很快就會結案，這風波也很快就會平息，但事情的發展卻不如他所想得那麼簡單。

他不懂，明明都已經替檢調找好替死鬼陳若梅和目擊者陳小環，為什麼他們還不結案，非要追根究底？真是給臉不要臉！

在家慶的心中，李忠他們雖已卸甲歸田，成為低賤的奴工。但一旦要他們出手，個個都仍如當年戰場上的好漢，眼神中仍帶著視死如歸、死士一般的氣慨。

當他知道李忠遭逮，阿公決定派親信沈懷文檢座勸李忠自殺時，他心痛了好久好久。

那姓楊的檢座和姓孫的刑警步步進逼，逼得他們謝家親自出手，解決掉他們和大姑若梅，才把事情搞定。

家慶原本還想找機會將陳家老宅整個打掉、剷平，以免留下後患，但是這麼一來，他又怕會打草驚蛇，只好暫時按兵不動。

接著，他頂著陳阿棟的身分回到古董店，繼續走私，因而發家致富。在外蹭了多年後，阿公見時機成熟，便提議公開收他做義子，他才改名換姓成「謝澤芳」，終於正式回歸謝家的懷抱。同時，身為謝家真正子嗣的他，也一併接收了陳若梅與陳若石的遺產。

此後，他更可大大方方承襲長輩在政商界中的人脈，並大肆利用古董與走私進行政商圈慣用的洗錢、賄賂伎倆，逐漸踏向平步青雲的從政之路。

第十九章 大廈將傾

官商一家親，許多企業獻金談合作，其中也不乏昔日與陳家聯姻的親家。謝澤芳以股份、營收分紅為條件，與多家企業利益交換。幾年下來，也插足了進出口貿易和房地產，就連妻子也選的是把持北部港口船運貨櫃的古家人，也就是當年的大伯母娘家人。

可笑的是，他謝澤芳雖長得與父親若石相像，卻沒有一個人懷疑過他的真實身分。

唯一一位找上門來的，居然是死了十幾二十年的大姑陳若梅！

已修練成猛鬼的祂，大鬧自宅。一陣腥風血雨之中，雖因德皓即時現身解救，他才毫髮無傷，但他當時的保鑣——元義等人卻被祂活活嚇死了！

澤芳為此又是一陣扼腕落寞：歷史的巨輪只會不斷往前，時代正在劇烈改變，人們過去那種為家國、主人犧牲的熱血早已不再，像李忠、元義……等那麼能幹忠心的狗，世上恐怕再也找不到了！

有德皓大師坐鎮，陳若梅不敢再來犯，澤芳也就沒什麼好擔憂的。過去沾滿污點血腥的手，也能漸漸被時間洗白。

要不是半路又殺出一個小員警——楊玄白，執意調查當年那些舊案，還要上孤兒院調查，澤芳又何必先下手為強，將孤兒院上下殺個乾淨呢？

說起來，澤芳也覺得自己是受害者。要不是因為這些人窮追猛打、苦苦相逼，他根本不會又徒增一筆殺孽。

所以，這些人會死，通通都是他們自尋死路啊！他無奈地想。

為了避免再有人上門調查舊案，德皓設下霧陣，將整個老梅村都給鎖住。從此老梅村與世隔絕，他也有充裕的時間來思考如何處置裡頭的陳府。

只是他見陳年舊案已無翻案危機，馬上就轉而投身於爭權奪勢之中，一階一階邁向權利的巔峰。

被擱在一旁、遲遲未處理的老梅村，就像是擱淺在他腦海中的沙灘邊緣，始終未排進他的待辦事項清單中。

這麼拖拖拉拉下來，六十年光陰如白駒過隙，轉瞬即逝。如今這些舊案又再次被有心人士挖掘出來。

魔鬼藏在細節裡，百密一疏，往往會造成功虧一簣。

想想，他都覺得悔恨，要是他當初一不做二不休地在滅門之後，馬上想方設法澈底毀掉陳府大院，往後的這些問題都不會出現。

他氣自己做事瞻前顧後、不夠狠絕，才讓如此周全的謀殺有機會被人一而再再而三地翻出。

在這緊要關頭，澤芳十分仰賴的德皓又偏偏下落不明，更令他坐立難安。

他一直很慶幸身邊有這位通鬼神之能又深謀遠慮的高人相助。

打他十三歲那年，德皓為他卜卦之後，就一直留在謝家輔佐他、為他出謀劃策。

此後數十年，德皓大師更不只一次為他改大運，他的仕途也向來一帆風順，三十出頭便已是政壇顯要。

澤芳深知，只要有他的才能、財富、權勢，和德皓的相助，他遲早都能登上高位、成就大業。

可如今，遇事沒有德皓大師在旁指點對策，令他頓時有些徬徨。

私人手機的鈴聲突然響起，打斷他的思緒。他咳幾聲清嗓，立即接聽：「說。」

對話那頭傳來私人特助——謝振華的聲音：「你看到新聞了嗎？現在每一台都在播『斷頭案』。應該是有人在背後搞鬼。」他說話語氣有些緊繃，「是否以消息不實為由，施壓這些電視台停止播報相關新聞？」

「那豈不是此地無銀三百兩。」澤芳口氣不悅地說，「想辦法製造別的大事引媒體播報，轉移大眾焦點。」

「高明。」謝振華聽起來很是振奮，「我馬上去辦。」

＊＊＊

然而，這回謝澤芳的伎倆並沒有成功，網路輿論沸沸揚揚，各家媒體仍持續關注斷頭案的後續調查進展。

沈萬合總統甫結束全球僑務會議的開幕典禮致詞，馬上便被台下記者就最近熱議的話題「斷頭案」追問。

「還在了解狀況中。」總統避重就輕地說，仍未完全表態。

他在隨扈的護送下，坐上黑色改裝座車。車子尚未駛離現場，總統祕書便面色凝重地拿著手機對他說：「黑維埃公司的黑執行長，她——」

總統臉色一沉，怒道：「不是說過，一律不接嗎！」

「那您是否先看一下她傳來的這張照片？」總統祕書說。

總統不耐煩地接過手機一看，登時瞪大眼睛，極為震驚地想：她怎麼會知道！難道她……真的握有所有證據了？

照片是翻拍一張早已泛黃、由碎紙拼貼起來的密件公文，上頭清楚指示：一旦斷頭案嫌犯認罪，沈懷文檢座務必立刻安排行刑。

當時正值白色恐怖時期，莫說如此作法違背司法程序與法治精神，而是根本沒有這兩者可言。在司法不透明的情況下，沒有言論自由的島民，自然無從得知審判的經過，也無力監督政府。

但是如今，若將當年的偵調、行刑的程序以現在的標準來檢視，絕對是會引起舉眾譁然、撻伐，甚至是群情激憤的。

而他沈萬合之所以如此震驚，就是因為當年從楊正檢座手上接手案子的沈懷文檢座，正是他沈萬合的大伯！

黑茜說的「明哲保身」四字，現在他算是完全明白了。一旦舊案重啟，警方調查到沈懷文，勢必也會順帶查出他與自己的關係。

一想到自己的政治之路，一路走來皆如履薄冰，現在卻受家中長輩所累，沈萬合又恨又惱地接起電話對黑茜說：「妳這招也太狠！」

「我已經手下留情了，」電話那頭傳來悅耳卻冰冷的聲音，「還是你希望我起底你最愛的那位情婦呢？據我所知，她可是敵國間諜喔。」

「妳知道妳要是這麼做，有可能會挑起兩國之間的戰火嗎？」沈總統氣到太陽穴青筋爆起。

他身為一國元首，現在卻被一間民間企業執行長要脅，他如何嚥得下這口氣！我到底還有什麼把柄在這個賤女人手中！他咬牙切齒地想。

「知道啊。但你不是說過，我是法國人嗎？」黑茜揶揄道，「如果你們到時候真打起來，我軍備可以算你便宜一點喔。」

「妳要是公佈，我也一樣會掀妳的底！到時候，全世界都會知道妳在小學的時候，就謀殺了一班的學生！」總統忍無可忍，不再保持風度，撂下狠話，意圖以其人之道還治其人之身。

「那很好啊。」黑茜自嘲道，「謀殺行動成功，證明我從小就有殺人頭腦，是塊天生賣軍火的料。」她壓低聲音，冷酷決絕地說，「實話告訴你吧，只要能達到目的，不要說是引戰，就算最後犧牲全季青島兩、三千萬人，我連眼睛都不會眨一下。」

「妳就不怕我下令逮補妳？」總統改以威脅道。

「怕啊，」黑茜的聲音聽不出情緒起伏，似乎不為所動，「不過我即將在兩小時後，向全球各大媒體公佈這張照片和相關文章。到時候就算你派人殺了我，消息也一樣會公佈出去。」她頓了頓，又說，「時代不一樣了，想一手遮天是不可能的。」

「得罪我，是要付出代價的。」總統警告道。

「沈總統，你似乎太小看我了。我手上有一副牌，你看到的，不過是黑桃3。」

總統立即掛斷電話，恨得牙癢癢：可惡！

半小時後，總統回到總統府，一下車就再次被現場守候的記者群包圍。

這回他毫不猶豫地說了一句話：「尊重檢調，絕不包庇，盼勿枉勿縱。」

＊＊＊

黑茜下的最後通牒，終於逼使沈總統公開表態。不只如此，總統還紆尊降貴、親自致電巽象市市警局給詹哲瀚局長，要求嚴加清查。

一獲元首支持，詹局長立即宣佈重啟舊案。

志剛接獲消息，內心澎湃激動不已。他已經好久沒有這種辦案的熱誠了。

打鐵趁熱，手上早已握有確切資料的志剛，在檢察官的許可下，立刻帶隊要求謝副總統接受ＤＮＡ的身分鑑定，並且接受偵訊、協助調查。

雖然被謝澤芳的祕書以「清者自清，不隨風起舞」為藉口婉拒。但他並不灰心，馬上又轉而私下聯繫媒體圈有力人士。

到了當天晚上，連三台政論節目上，都有名嘴呼籲謝副總統主動去驗ＤＮＡ，才能撇清關係，堵住眾人悠悠之口。

謝澤芳當然不同意。

其智囊團勸說道，就算澤芳真的被驗出是陳家人，也無法證明他就是家慶，更無法證明他就是主謀。

謝澤芳這才敢在隔天對外宣佈，將在進行每年例行健康檢查時，「順便」驗ＤＮＡ。

身分鑑定報告出來，自然如志剛和外界所臆測的，謝澤芳的確就是陳家人。這幾天深受大眾熱烈討論的副總統身世之謎，也總算有定論了。

謝澤芳在接受媒體採訪時，表現地極為困惑不解，稱自己也不明白原因。演技好到令不少民眾都相信他是真的不知情。

網路上的熱門討論話題，轉而變成猜測他是不是有著一段私生子之類的悲慘身世。

連八點檔鄉土劇也馬上就將這段網友幻想的私生子情節寫進戲裡。該集收視率果然飆高，時事梗再次引起一波轟動，這下不少觀眾反而同情起謝副總統來了。

第二十章 偷天換日

時值中午，志剛坐在警局內的會客室裡看新聞，見自己辛苦催生出的話題焦點，竟就這麼被鄉土劇轉移，氣急敗壞道：「他明明就是裝傻、裝無辜！竟然還有人信！」

「還同情他……」這下連頭腦簡單的小智都無言了。口裡的便當菜色吃起來都味如嚼蠟。

「不行，打鐵要趁熱！」志剛一躍起身，一手叉腰、一手搓著下巴鬍渣，來回踱步，「錯過這個時機，絕對不會再有第二次了。」

志剛的手機鈴聲突然響起，他從褲子口袋中掏出蝙蝠車造型硬殼的手機，看了一眼螢幕，接起電話。

「幹嘛？」志剛沒好氣地說。

「我要警力支援。」吳常直截了當地說。

「支援個屁啊，在忙查案啦。」

「查什麼？」

「干你屁事！」志剛有點心虛地說，「偵查不公開，沒聽說過喔！」

「跟我預期的一樣，遇到瓶頸。」吳常又說，「聽著，兩件事。第一，找出謝澤芳公開發言的影音檔，越早期越好，清晰度要達到能做聲紋鑑定的等級。」

志剛一聽立刻會意過來，神色轉為正經：「你的意思是……」

「沒錯。」吳常頓了頓，又說，「第二，謝澤芳接下來會出席世貿的國際電玩展。」

「電玩展？」志剛差點笑出聲，「糯米腸你不像是這麼幽默的人啊。這種活動市長出席就不錯了，還副總統咧。」

吳常懶得多做解釋，忽略志剛的訕笑，繼續說道：「出席的時間我會再讓你知道。當天派便衣刑警提早過來部署，人數至少十位，你最好也來。」說話口吻強硬，不容置喙。

志剛聞言，隨後沉吟兩秒，又問：「我的確是可以支援警力。但是，你有把握嗎？」

畢竟現在「滅門斷頭案」舉國關注，警方每一步棋都必須下得萬分謹慎，絕不能給謝澤芳有機會反將一軍，否則將全盤皆輸。

如今的志剛了無牽掛，當然是輸得起。但如果他底下的隊員也被連累，事後被調職或被為難、混不下去該怎麼辦？

志剛越想越沒底，又追問：「你到底要怎麼證明謝澤芳就是陳家慶，甚至是斷頭案的主謀？」

「偷天換日。」電話那頭傳來吳常自信的語氣。

第二十一章 黑膠唱片

「噹噹噹噹，噹噹噹噹。」

這所學校的鐘聲是那麼的熟悉，與潔弟的母校一模一樣。但這裡不是她的母校，而是位於巽象市石門區的右門國中。

第四節下課鐘聲一響，各班教室的學生像是一群被驚動蜂窩的蜜蜂，立即鬧哄哄地蜂擁出教室，奔向走廊、球場、福利社。校園像是瞬間甦醒過來，充斥著歡笑、尖叫和吵鬧聲，顯得十分熱鬧。

潔弟在吳常的要求下，與他一起假裝成新聞系學生和右門國中校友，以製作校史特輯作為暑假作業為由，來學校進行採訪。

他們依預約時間到警衛室，來接待他們的是祕書室的郭祕書和一個暑期工讀生。

郭祕書是個身材圓潤，說話直率、大嗓門的中年大嬸。她一見到他們就先吃吃吳常豆腐、與他寒暄幾句，接著便領著他們和工讀生前往學校二樓邊間的校史室。

校史室平常沒在使用，連窗戶也沒開。時值盛夏，他們一走進去，便覺裡頭十分悶熱。

郭祕書立刻按下門邊的開關打開燈和冷氣。

潔弟一感受到通風口吹出來的風，瞬間暑氣全消，整個人杵在通風口下方，捨不得移動半步。舒服地嘆了口氣，才張開眼環顧室內一圈。

這間學校的校史室很特別，像是百貨公司的櫥窗，靠近走廊這面是一大片的落地玻璃。獎盃、錦旗、舊校服、照片……等具紀念價值的物件，在幾盞鹵素燈光的映照下，靜靜地見證時間的流逝。

「這個嘛……該從哪時候開始說咧。從創校開始嗎？」郭祕書揮手朝自己的臉扇了扇風，轉頭問他們道，「啊還是你們對哪個時期比較感興趣？」

「這個嘛，」潔弟忙說出事前與吳常套好的詞，「因為到時候開學，我們每組都要上台報告小組作業，所以想說，有沒有什麼歷史紀念價值的影片可以讓我們擷取精彩片段播放。」

「那你們來的正是時候！」郭祕書笑道，「學校一直都有陸陸續續把這些具有歷史紀念價值的音檔、影像給慢慢數位化啦。像是將錄音帶、錄影帶轉成CD、DVD啊。最近政府不是一直在推『智慧校園』嗎？明年搞不好會把這些光碟又轉存在雲端硬碟裡咧。」

「喏，」她指著角落一排堆放光碟的木櫃說，「這學期才把檔案室的照片、光碟那些都重新整理過一遍。學校從創校以來到現在，所有的光碟都放在這。」

「所有？」吳常視線掃過一遍光碟櫃，說道，「幾十年前應該沒有光碟吧？原始的錄音帶、錄影帶那些還在嗎？」

「錄音帶、錄影帶……那些好像都壞了耶……」郭祕書偏頭思考，「應該早就丟掉了吧。」

「喔！」工讀生突然想到，「我有看到一些黑膠唱片耶，那裡頭錄的應該就是原始檔吧。」

他邊說邊走向一處展示照片的玻璃櫃，蹲下後拉開下方的抽屜。裡頭直立擺放著二、三十張黑膠唱片盒，盒背都清楚寫著標題和錄製日期。

「喔對對對！我都差點忘了。」郭祕書彎腰挑出最左邊的唱片盒，對他們說，「這是我們學校第一張黑膠唱片，應該算有紀念價值吧。」

唱片盒背上的標題：《十週年校慶一九五六年一月六日》

吳常一看到盒背，眼神馬上變得銳利許多。

潔弟想，大概是因為這日期剛好早斷頭案幾天的關係，就是不知道會不會錄到什麼有用的音訊。

「你們有錄製黑膠唱片的刻片機？」吳常問郭祕書。

「喔對啊，學生家長送的啦。聽以前的老校長說啊，以前有個有錢人的小孩念我們學校。就是在十週年校慶的時候，那學生因為……因為……啊忘了什麼原因，反正就是要上台致詞就對了。他們家裡就買了台刻片機錄下他那天的致詞。後來連刻片機還有一疊空白黑膠唱片都送給學校用。啊聽說那個時候黑膠唱片貴啊，唱片全都錄完之後，那學生早就畢業了，學校也不好意思再請家長贊助，可又沒經費自己買，所以就只有這些唱片了。」

「妳的意思是說，」潔弟喜不自勝地指著她手上的唱片盒說，「那學生當年的致詞，就在這片黑膠唱片裡？」

「對啊，可是現在不要說是刻片機了，連唱片機都壞了，不能放了啦。」

「我、我們學校有！」潔弟舉手撒謊道，「我們系辦就有一台可以用！」

「真的假的？你們那台買多少？」郭祕書睜大眼睛問她。

她正打算隨便編個金額矇混過去，門邊就先響了幾下「叩叩」聲。

一個看起來約莫四、五十歲的短髮女人站在門外敲門，只有頭探進來。

「哈囉，來一下。」她對郭祕書招招手，隨即又對潔弟、吳常禮貌一笑，「不好意思喔。」

「你幫我招待他們一下。」郭祕書對工讀生說。接著隨手放下手中的唱片盒，就走到門外與那女人講話。

那女人不知道說了什麼，郭祕書一臉驚訝，轉身把工讀生給叫出去，並對潔弟和吳常說：「不好意思，給我五分鐘，馬上回來。」說完就把門帶上。

透過面對走廊那片玻璃，可以看到郭祕書和那女人正在一起討論、吩咐工讀生一些事情。

潔弟看他們目光不是落在自己這頭，手肘就頂頂吳常問道：「喂，你還沒告訴我，到底來這邊找陳家慶念書時候的影音檔幹嘛？」

吳常輕輕拿起玻璃櫃上的那個唱片盒，端倪兩下，說道：「斷頭案發生那年，陳家慶讀國三；陳阿楝二十二歲。除了早發育的他，體格與成年的阿棟相仿外，還有一點相似，就是聲音。家慶當時應該已經過了變聲期。」

「所以咧？」潔弟試著猜測道，「他的聲音聽起來像大人？」

「更重要的是，過了變聲期，音色會趨於穩定。」

「喔，那所以咧？」她還是摸不著頭緒地問道。

吳常翻了翻白眼，不再搭理她。

第二十二章
古宅尋跡

世貿三館內，人潮湧動。不少玩家穿梭在各家遊戲、電競業者攤位之中，拿DM傳單、排隊等試玩遊戲，或參與各家問答活動拿贈品。

也有不少人扛著大砲般的專業級相機「咔擦咔擦」地捕捉Show girls和cosplayers美麗的倩影。除此之外，現場國際大廠的大攤位本身更是吸睛。家家架上大尺寸螢幕播放遊戲畫面、再將音效開到最大聲，配合各家展場的主題造景佈置、燈光，顯得聲光效果十足，令人目眩神迷。

位於大攤位中心的舞台上，謝副總統正在台上發表落落長的致詞。

「……除了主打的VR虛擬實境遊戲，這次電玩展還有AR擴增實境遊戲喔。大家不要覺得AR遊戲陌生、離平常生活很遙遠。像寶可夢啊，大家都知道吧？」謝澤芳在台上唱作俱佳地說，「就是一款AR遊戲嘛。可是它也不只是手遊而已喔，它還改變了遊戲的模式、改變了我們的生活習慣。那將來這些遊戲與日常生活的結合方式，也可以提供給其他產業做加值應用，甚至是給城市計畫、國家發展做借鏡嘛。像是我們一直在努力推行的『智慧工廠』、『智慧城市』、『智慧島』啊。例子到處都是，應用太廣了！所以我們政府非常鼓勵國內電玩啊、手遊業者……」

謝副總統邊說邊注意到主持人尷尬的微笑，這才總算意識到自己致詞時間已經超時，便趕快收尾，在現場一片客套又稀落的掌聲中下台。

然而，謝副總統此刻的心情卻比剛抵達展場的時候好很多。前幾天沈總統請他出席電玩展時，他還滿心不樂意，認為這活動太不入流，對於他塑立形象、增加聲量一點幫助都沒有。

但是從沒出席過電玩展的他，一來到現場，便被眼前的人山人海給震撼了。他像是被當頭棒喝一般，瞬間意識到年輕世代的重要性。

也許將來這就是我脫穎而出的票倉！看來有必要好好耕耘才是。他在心裡暗暗盤算。

在幾位身穿黑西裝、不苟言笑的隨扈、媒體記者包圍中，謝澤芳在其中一家事先安排好要參觀的廠商帶領下往攤位移動。

「謝副總統，這就是我們的攤位。」廠商總經理殷勤地對他說，「光是一款VR遊戲室就佔地超過三十坪！您要不要試玩一下？」

「喔？」謝副總統雖已過古稀之年，但還是被現場的遊戲聲光效果給深深吸引。他興致一來，又想拉攏年輕族群，便說，「好啊。」

「但是先讓我試玩一下，」他開玩笑似地轉頭對媒體攝影師說，「玩得好，你們才可以進來遊戲室拍。」

「沒問題、沒問題，我們先練習幾次。」廠商總經理畢恭畢敬地帶位，「請往這邊走。」

遊戲室完全封閉，六面皆是刷黑，即使有些隔板作為格局，還是顯得非常空蕩。

現場工作人員在幫謝澤芳穿戴各種裝置的時候，他忍不住心裡抱怨：這款VR遊戲要戴的東西還真多！

除了VR眼罩、耳機以外，還有手套、臂套，和兩條束在軀幹上的帶子，兩隻腳也要各別上一個迷你感測器。

要不是因為這些林林總總的無線裝置加起來重量還是滿輕的，他真的有可能會變臉。

正式戴好之後，廠商總經理對謝澤芳說：「遊戲開始之前，麻煩您先看一下兩分鐘的遊戲解說影片。」

VR眼罩的螢幕出現一群動畫人物在森林裡圍成一桌享用大餐的動畫，耳機則是傳來他們歡呼、乾杯的聲音。人物非常立體，光影和景深讓場景變得很真實，給人一種身歷其境的感覺。

謝澤芳真有那麼一、兩秒以為自己掉入某個卡通的世界裡。很快就入戲的他，豎耳聆聽他們的對話時，眼前卻突然一片黑暗，聲音也消失了。

「不好意思，」廠商總經理對他說，「現場無線網路訊號不穩，需要重新連線。麻煩您稍坐，等我們一下。不好意思！」

謝澤芳忍不住嘖嘖兩聲，感到非常掃興。同時，也感覺到有人扶著不耐煩的自己坐在一張椅子上。

或許是冷氣太涼、太舒服，謝澤芳突然覺得腦袋很重、很昏沉，竟就這麼睡著了。

＊＊＊

「唰——唰——唰——」幾下重擊聲，伴隨金屬特有的嗡嗚傳入耳中。

「嗚……」女人們的啼哭聲隨之傳來，一下遠一下近，聽得人心裡發寒。

謝澤芳張開雙眼，四周很黑暗，他眨了眨眼，不知道自己身在何處。

過了一會，視線漸漸適應微弱的光線，眼前是擺滿菜盤湯碗的大圓桌，不時飄來香味，雖然看不太清楚裡頭的湯湯水水是什麼，但謝澤芳直覺就是一桌年菜。

除了自己的位子以外，其它就近的位子也擺了碗筷杯盤，較遠靠牆的位子就看不清了。

「嗚……」背後又傳來一陣女人的悲泣。

謝澤芳轉身一看，視線越過一面拐子紋鏤空窗櫺，落在外頭的一處亭台水榭。

他倒抽一口氣，難以置信地說：「什麼！這裡是！」

再張望左右，見裡頭那側是擺了不少古董古玩的博古架，門邊這側則是綴以花竹盆栽的大櫥櫃。

不論過了多久，謝澤芳這輩子都不會忘記這個地方，這個夜晚。

那年的除夕夜，家宅的飯廳。

不知道為什麼，他總覺得眼前景象看起來都不太真切，好像有哪裡不太對，但他說不上來。

「唰——唰——唰——」

這回，他一聽到屋外院子那頭傳來的鏗鏘聲，頭皮和腳底便同時發麻。

他知道外頭在做什麼。

水池裡每斬下一顆頭顱，飯廳地板就會跟著微微震動。

難道……我在做夢？對，不然我怎麼可能會在這。他酌思道。

以往他也曾做過全家慘被滅門的惡夢。夢境雖千變萬化，但夢裡的氛圍始終都如現在這般陰森寒冷。

他曾求助過德皓大師，但沒有用。

大師說，那是心病，即便道行深厚也無法治標，只能施術控制心智，使他入睡後腦中無思無念。

謝澤芳見識過大師的陰狠毒辣，當然不肯被大師控制。於是多年來，他常常依賴肌肉鬆弛劑或安眠藥入睡。

「嗚……」那啜泣的聲音變得有些嘶啞。

想到哭啞的女人有可能是媽媽，謝澤芳不禁有些愧疚。往事歷歷在目，他心跳變得很快，倏地站起身，大步走出屋外。

他看著院子的景象，愣了一下，心想：不一樣。都不一樣。

記憶中，當年廳堂、廂房和迴廊紅燈籠的光芒，將院子裡滿地血跡斑斑的無頭屍體映照得觸目驚心。

但此刻，紅燈籠裡的蠟燭好像都熄滅了一樣，那些燈光都暗了下來，只剩下朦朧深沉的月光。四周與飯廳一樣，都是黑灰的色調。不同的是，此刻吸入鼻腔的，已不是菜香味，而是血腥味。

然而，這些屍體橫躺的位置，似乎與當年不太一樣。

謝澤芳不以為忤，走向離飯廳不遠的一具無頭女屍。與當年一樣，站在她身邊，低頭看著身穿那襲長洋裝的軀體。

多年不見溺愛自己的母親，往昔的銳氣與防備登時一褪，謝澤芳神傷地說，「媽……沒想到這麼多年了，還能再夢見妳……」

他再次捫心自問：不會歉疚嗎？難道都不會後悔嗎？

答案一直都是一樣，即便現在也是如此：當然歉疚，我當然知道自己不孝。

「但是我從沒後悔過。」他不自覺地脫口而出。

不，我才不後悔。我必須這麼做！

還記得大姑當年是怎麼被姦污的嗎？就是因為她蠢，對自家人不夠有防備之心！他山之石，可以攻錯。我絕對不會犯下這種錯誤！

「要殺，就得全部殺掉。」他低聲說道。像是想向地上的母親解釋，又像是在說給自己聽。

如果因為一時心軟，留下爸媽兩個活口，難說他們日後會不會抓著這個把柄來威脅他。謝澤芳不能忍受任何人握有他的把柄，就算是父母也一樣。

就在這個時候，周圍的無頭屍都緩緩動了起來，一具又一具地坐起身，軀幹正面猛地往謝澤芳的方向轉，像是扭頭朝他看過來的樣子！

「怎麼會這樣！」謝澤芳又驚又懼，頓時倒退一大步。

地上的屍體慢慢爬起來，有的卻突然朝他的方向狂奔而來！

嚇得他大叫一聲，轉身拔腿就跑，跨過迴廊中央的垂花門，衝向外院。

「呃……」身後的無頭屍不放過他，緊追在後，近得彷彿伸手就能揪住他的衣服。

謝澤芳進到外院後，腳步沒停歇，立即又左轉跨過敞開的屏門。此時左邊是影壁，右邊就是大門了。

「呃……」

一具無頭屍朝他撲了過來，他閃身避開，那屍體收勢不及，腳絆到對面一扇同樣開著的屏門門檻，摔倒在地。

外院還有好幾具無頭屍接踵而至。謝澤芳望向大門外黑幽幽的街道，不假思索地跨過門檻，就往外跑。

豈料，待他雙腳甫踏上門外的平台，要走下石階的那一刻，眼前竟是家裡那面灰色影壁！

「不可能！」他厲聲叫道，聲音卻顯得蒼老又衰弱。

謝澤芳回頭一看，後面反而是府外漆黑的青石磚道。他像是陷入了鏡射的弔詭世界。前後望了兩眼，他躊躇了幾秒，不知該往哪個方向才好。

突然一陣陰風從背後吹來，他背脊一涼，立即全身起雞皮疙瘩。轉頭看向街道，一個長髮蓋臉的白衣女鬼迎面衝向他。

「還我命來！」祂尖聲大喊。

「啊！不要過來！」謝澤芳往後一退，腳後跟被大門門檻一絆，重重往後摔去。

「我被你害得好慘！人不是我殺的！」女鬼疾速撲過來，恨恨地說。

「啊！」謝澤芳聽祂這麼一說，立即失聲叫道，「大姑！」

此時的他如驚弓之鳥，少了德皓大師在旁護佑，他頓時覺得自己如河中蜉蝣那般渺小而脆弱，毫無自保能力，只能任邪靈惡鬼宰割。

「為什麼害我……」女鬼在石階上止住身，上下飄蕩。

「我、我沒有！」謝澤芳邊用手撐著身體往後退，邊扯謊道，「那晚是、是祢自己要過來的！被當成兇手，是祢、祢倒楣！關我什麼事！」

「嗚……」女鬼哭訴道，「你派人殺了我們全家！」

「我沒有！」謝澤芳趕緊喊冤，「我只派李忠他們殺了那九個人而已！叫人殺祢的又不是我！」

「是誰……快說……」女鬼雙臂猛然伸向他，「是不是家慶……」

「我就是家慶啊！」謝澤芳怕祂不信，又強調一次，「我是陳家慶啊！大姑祢不認得我了嗎？」

「那到底是誰？」女鬼忽地俯衝到謝澤芳面前，「說！」

「是我阿公！」驚恐的謝澤芳毫不猶豫地說，「祢去找他！別再纏著我！」

「他在哪？」

「他早就死了。」

「呃……」外院的無頭屍立即前仆後繼地朝影壁前的謝澤芳湧過來。

「啊——」謝澤芳立即跳起來，雙手亂揮亂舞道，「走開！走開！祢們不要再逼我了！都已經過了這麼多年，為什麼還不放過我？」

「啪！」女鬼霍然打他一巴掌，怒氣沖沖地說，「這是幫若梅打的！」

謝澤芳一臉茫然，愣愣地盯著眼前的女鬼，詫異地想：祂不是大姑？

「啪！」女鬼又狠狠甩了謝澤芳一巴掌，「這是幫楊正、孫無忌打的！」

「別、別打……」謝澤芳雙手合十，開口求饒，「看在我都一腳踏進棺材的分上……」

「少在那邊！」女鬼仰起頭，食指指著他的鼻子，怒不可遏地罵道，「你以前就是個小王八蛋，現在就是個老王八蛋！」

「啪！」抬手又是一記耳光，「這是幫孤兒院裡上上下下一百多條人命打的！」

正當女鬼要再甩謝澤芳一巴掌時，他突然伸手抓住祂的手，眼神轉為冰冷而銳利。

「陳小環？臭丫頭！當年就是妳這狗雜種佔著我們家不走！」謝澤芳咬牙切齒地說，「不然我早就把家裡給拆了！」

＊＊＊

火炬遊戲是一間國內新創的VR虛擬遊戲公司，因為手持大筆矽谷創投資金，網羅了不少亞洲頂尖遊戲開發工程師與電影特效師。算是目前國內VR遊戲公司的先驅，更是政府栽培遊戲產業的重點廠商之一。

公司日前接到一家國外新創廠商的合作邀約，請公司依他們提供的原始碼框架，改製成一款與「滅門斷頭案」相關的偵探推理驚悚遊戲，並且須趕在這屆國際電玩展時推出。

這麼聳動的遊戲題材一出，一定會引起關注與正反議論。不過，哪裡有社會討論熱度，哪裡就有商機。火炬遊戲對這個題材要求並不感到意外。難就難在這間從沒聽過的廠商要求的開發工期實在太短，只給他們不到三週的時間。

火炬遊戲向廠商說明開發難度時，對方不只願意出高達八位數字的訂金作為前期專案投入資金，還保證會在開發期間內提供原始碼技術支援，而要求的報酬不過是上市後的30％淨利。

火炬遊戲一聽之下不得了，就算再怎麼算，這筆資金都遠遠大於既有公司內部成本，等於在開發這款遊戲的期間，公司就已經在賺錢了。

雖然合作廠商財大氣粗地砸錢很可疑，但看在溝通過程中，對方一再表達願意出錢出力、極有誠意的分上，還是硬著頭皮簽約了。

之後火炬遊戲公司的辦公室電燈、冷氣就沒關過，加人加錢、二十四小時輪班趕工，與合作廠商通力開發這款遊戲，總算如期在電玩展前完工。

這款VR遊戲《古宅尋跡》非常特別，有「標準」和「自由」兩種模式。

「標準」模式時，遊戲一次只能容一到三個人玩，玩家扮演偵探的角色，在一定的時間內，從陳家老宅院子中找出三樣線索，同時要避免地上爬起的無頭喪屍攻擊。玩家一旦被喪屍攻擊就會噴血，失血過多就會喪命，但若同場的其他玩家還活著，則會在三十秒後復活。玩家可以拿槍對抗無頭喪屍，但子彈發數和補彈次數有限；且喪屍與玩家一樣，只要其中一個沒死，全體也會在三十秒內復活。更重要的是，越多人玩，遊戲限時就越短，所以也是考驗玩家在火力與時間兩邊拿捏的衡量、評估能力。

「自由」模式則是更進階。遊戲可多達十二人玩，分偵探和無頭喪屍兩隊。偵探最多也是三位，無頭喪屍則是最多可達九位。喪屍的任務就是在偵探找到線索之前消耗掉對方血條，同時也要盡可能避開偵探的武器攻擊。要是喪屍隊不足九人，則會在遊戲倒數一分鐘時，出現一位工作人員扮演的隱藏版大魔王——女鬼。女鬼攻擊力與喪屍雖然相同，但偵探的武器對女鬼不管用，所以要盡可能在最後一分鐘前找齊三項線索。

玩「自由」模式時，每個玩家穿戴的裝置更為高級。透過現場裝置進行即時動態體感偵測，遠端的超級AI可以在兩百一十毫秒內完成演算、動作模擬，最後呈現角色在遊戲中的移動，玩家完全感受不到反應延遲或動作Lag。

《古宅尋跡》遊戲設定中，場景就只有大門一帶、外院、內院與東廂房飯廳。一旦離開這些區域，遊戲畫面就會出現鏡像特效，自動將玩家再導回遊戲場景中。

＊＊＊

在世貿開館之前，為了隱藏真面目而戴上矽膠面具的潔弟和吳常，與假裝成是國外廠商工作人員的志剛一行人，在火炬遊戲這家攤位會合。

按照公開版遊戲說明，《古宅尋跡》的「自由」模式只有在喪屍隊不足九人的情況下，才會在遊戲倒數一分鐘時出現女鬼。

但這場精心為謝澤芳準備的「客製化」遊戲中，除了九人喪屍隊外，還特別加了女鬼一角。

在「自由」模式中扮演女鬼的潔弟最衰，不只要穿上類似潛水衣的感測服，頭還要套上搶銀行似的黑色挖洞搶匪頭套，全身上下八十九個偵測白點，要不是遊戲室背景是刷黑而不是綠幕，她還以為自己在拍什麼3D科幻大片咧。

謝澤芳進遊戲室、戴上VR裝置後，室內的現場與遊戲畫面就全權交給志剛他們處理，廠商總經理則被戴著「凱」面具的吳常請出遊戲室，到攤位外頭繼續接待貴賓。

兩位副總統隨扈完全沒料到會有突發狀況，在鬆懈的情況下，很快就被假裝成是工作人員的便衣刑警逮到機會，眼明手快地用特殊迷藥手帕給放倒。謝澤芳則在一款兒童遊戲《小紅帽勇闖黑森林》開頭沒幾秒，就被VR眼罩下方預先藏好、釋出的麻醉氣體給弄昏。

潔弟這群已經換好感測衣的人像是魔術師的助理一般，立刻按照計劃，從旁邊一間緊鄰的祕密小房推開暗門走進遊戲室。

志剛和其他八位刑警躺在內院的地上待命。一等他們自己的VR眼罩中，遊戲畫面單方出現指示，他們就可開始起身抓偵探——謝澤芳。此外，遊戲室的幾個角落還各部署一位便衣刑警作為機動支援。

潔弟則站在遊戲中大門外的位置摩拳擦掌、躍躍欲試，等不及要把謝澤芳抓起來拷問一番。

遊戲中的女鬼設定是在遊戲最後一分鐘才會出現在偵探和喪屍的VR眼罩畫面，為了避免現身之前或現身的瞬間被其他角色撞到，吳常建議潔弟站在大門外的位置，等到遊戲倒數最後一分鐘到時，再往內院移動。

＊＊＊

謝澤芳眼罩中播放的遊戲被切換成《古宅尋跡》後，昏睡的他很快就被遊戲背景音效給驚醒。

然而，這次「自由」模式中，偵探方只有他一個人，他既不知道遊戲規則，也沒有任何武器，只得手無寸鐵地獨自面對接下來即將發生的未知情境。

時間一到，地上四仰八叉的喪屍，依VR眼罩中的指示一個個爬起身。誤以為自己在作夢的謝澤芳，才向地上似母親裝束的無頭屍告解到一半，就被幾個太心急、跑太快的喪屍給嚇得扭頭就往大門方向跑。

就在謝澤芳跨出大門、差幾步就要撞到潔弟時，他自己就先被鏡射畫面混淆而停在原地不敢亂跑。

潔弟當時看他停下的瞬間，還擔心地想：他會不會是猜到自己看到的是遊戲畫面？

還好幾秒之後就輪到她登場，她立刻撲向前嚇謝澤芳，趁場面失控之前吸引他的注意力、中斷他的思路。

她起初按照事前吳常安排好的計劃套謝澤芳的話，順利把他嚇得一愣一愣，並且使他以為她是他大姑若梅。

可是那不要臉的人渣，先是說若梅揹黑鍋被槍斃是她活該倒楣，接著又一副很委屈地抱怨大家為什麼不放過他。潔弟腦袋轟地一下就一片空白，一時也忘了他是副總統，馬上就拋開理智，抬起胳膊狠狠甩他幾個耳光。

眼角餘光瞥見扮演喪屍的志剛步履蹣跚地作勢要來制止，潔弟直覺就想在志剛攔下她之前再多甩謝澤芳幾個巴掌。

就在這個時候，她抬起的手突然被謝澤芳猛地攫住！

她暗暗吃驚：糟了！他該不會發現這一切都只是遊戲了吧！

沒想到他卻是把女鬼誤認成是陳小環，還惡言相向。

她當下正在氣頭上，聽他這樣講，想都不想，抬腳就要踹他的鼠蹊部。

吳常從頭到尾都抱著筆電跟在謝澤芳旁邊，一邊注意著運作的程式碼，一邊全程盯場。見潔弟要攻擊謝澤芳的要害，馬上欺身向前卡在她跟謝澤芳中間，一隻手將筆電拋給角落的便衣刑警，另隻手反手拍了下她的膝蓋。

第二十三章
攻防

潔弟愣了一下，腳懸在半空中的空檔，吳常已經一手幫她卸掉謝澤芳掄過來的拳頭，另一手又以大拇指指節擊向他揪住她的手。一連串動作一氣呵成、狠疾如電，就連一旁接住筆電的便衣刑警也看傻了眼。

謝澤芳手臂被擊中的點正是穴道，遭戳到的瞬間，手猛地震了一下，接著劇烈地顫抖個不停，五官全皺在一起，齒縫間嘶嘶抽著涼氣。

潔弟趁他虎口一鬆，趕緊把手抽回來、退後好幾步。這時冷靜下來，才意識到自己剛才闖了大禍、竟打了副總統那麼多巴掌！

吳常隨即丟給已經拿下VR眼罩的志剛一個眼神，暗示「可以結束遊戲了」。接著從便衣刑警手中拿回筆電，一把把她拉回遊戲室旁邊的小房間。

一想到以後說不定就沒機會再當面見到謝澤芳，潔弟恨不得衝回去再痛扁他一頓。在吳常用肩頂開暗門之前，一直頻頻回頭的她瞧見志剛與其他扮演喪屍的刑警將謝澤芳團團包圍，作勢撲抓著他。

進到小房間後，潔弟都還聽得到隔壁遊戲室傳來謝澤芳歇斯底里的尖叫。一想到外面等候的媒體記者也聽得到，她就有種惡作劇成功的快感！

同時，裡頭的兩位隨扈大概是被謝澤芳的叫聲吵醒，紛紛傳來他們問工作人員的聲音：「遊戲開始了？我睡著很久了嗎？」

他們對謝澤芳的激動反應並未起疑，也沒打算要強制中斷遊戲，似乎只以為是遊戲畫面太過逼真、驚悚。

潔弟一邊捂嘴竊笑一邊順著吳常的目光，看向他手中的筆電。螢幕上有兩個視窗，一個是密密麻麻、快速跑動的程式碼，一個是謝澤芳的VR眼罩看到的遊戲畫面。

此時遊戲裡的偵探——謝澤芳正在被一群喪屍瘋狂攻擊，眼前畫面不停濺血，下方的血條正快速地遞減。但他沒有奔跑，只是坐在地上狂亂地揮舞著雙手試著抵禦喪屍的攻擊。

血條歸零的剎那，畫面一黑，遊戲結束了。

吳常快速敲著鍵盤，謝澤芳的VR眼罩畫面和程式碼同時關閉，轉而開啟遊戲室裡的監視器畫面。

其他扮演喪屍的刑警都拿下眼罩、耳機，不過他們此時與潔弟、吳常一樣，露出的都是矽膠面具，而不是真容。志剛則避開謝澤芳打來的手，幫他把VR眼罩取下。

謝澤芳眼前突然一亮，畫面從陰暗的老宅變到四面黑牆，他登時呆若木雞，一下子反應不過來。

愣了好幾秒，他才如夢初醒，意識到自己正在電玩展的遊戲室裡。

他盯著志剛手上那副VR眼罩，一瞬間想通：方才的「夢」不過是有心人士利用VR遊戲設下的圈套！很有可能就是最近咬著他不放的警察！

「你……」他登時氣的目眥欲裂，扯下耳罩，惱羞成怒地對志剛怒吼，「你們敢陰我！」

就陰你怎麼樣！老畜生！志剛心裡一邊咒罵，一邊佯裝錯愕的工作人員。

「呃……謝副總統，請你冷靜——」

「叫我怎麼冷靜？」謝澤芳打斷志剛的話，「想逼我認罪？門都沒有！」

他出手欲推開志剛，卻被後者閃過，一時收勢不及，就往前撲倒在地。

兩位隨扈見狀立刻箭步向前。圍住謝澤芳的便衣刑警原本要搶先一步擋下他們，但一看到志剛微微搖頭示意「不要輕舉妄動」，伸出去的手腳立刻又收了回來，反而站開讓隨扈攙扶起謝澤芳。

「你們現在這樣是在逼供！是動用私刑！是違法的！你們知不知道！」謝澤芳邊罵邊起身。一站穩腳跟，就開始胡亂扯下身上的行動裝置。

扮演工作人員的便衣刑警想上前幫忙、做做樣子，都如預期一般被隨扈擋下。

在一番蠻扯亂拉之下，謝澤芳總算把身上大部分的行動裝置扔在地上。

要步出遊戲室之前，志剛又裝作一臉尷尬地說：「那個，謝副總統，你腳上的感測器——」

謝澤芳聞言，連彎腰拆感測器都不願意，直接暴躁地脫下兩隻皮鞋，砸向志剛。

「給你！都給你！我都不要了，行了吧！」他又轉頭怒氣沖沖地對其中一位隨扈說，「看什麼看！還不快把皮鞋撿回來給我穿！難道要我穿著襪子出去見人嗎！」

志剛身手向來矯健，但見兩隻擦得發亮的黑皮鞋往自己身上飛來，靈機一動，刻意裝作閃避不及，讓鞋子狠狠砸在自己身上。

他就是要遊戲室裡的監視器拍下「工作人員無故被謝副總統刁難」這一幕。

遊戲室旁的小房間內，潔弟透過吳常的筆電，一看到謝副總統在兩位隨扈的陪同下怒氣沖沖地離開遊戲室，立即鬆了一大口氣，這才終於敢將黑頭套和身上其他傳感裝置脫下來。

「LEOSTE, eliminate them now.」

吳常一喚雷斯特，筆電桌面的介面立時亮起螢藍色的波光，喇叭出聲說：「sure.」

「你是要雷雷清除什麼東西啊？」潔弟好奇地問。

「等著看吧。」吳常沒直接回答她。

雷斯特應道：「done.」

吳常再下一道指令：「Generate new clips to fill the blanks.」

不到十秒的時間，雷斯特又說：「done.」

「啊？雷雷，吳常叫你做什麼啊？」潔弟還是摸不著頭緒。

雷斯特回潔弟：「他先是叫我把剛才『遊戲側錄中的女鬼畫面』和『遊戲室監視器拍到妳和謝澤芳的對談畫面』一併剪掉。再來，我擷取謝澤芳在大門和影壁之間轉身的畫面，利用 deepfake 技術合成出他在那個區域間不停來回轉身走動的片段，以填補剪掉的那段時間空檔。所以請妳等一下不要再走回遊戲室。」

「這麼厲害！」潔弟驚訝地說。

原來剛才監視器拍到的畫面，也可以像電影一樣做特效，只不過消除她身影的不是特效師，而是AI人工智慧——雷斯特。

雷斯特一聽到潔弟的稱讚，立即用驕傲的口氣說：「那當然。」

潔弟這時才明白，為什麼在出發來世貿的路上，吳常又特別交待她一次，千萬不能提早出場，現身之後要盡可能避免碰到謝澤芳。只不過她剛才一時衝動甩了謝澤芳幾巴掌。還好雷斯特有辦法合成產出新畫面，不然就功虧一簣了。

「喔對了，有一點我不太懂。」她問吳常，「除夕夜那晚又沒有停電，至少屋子裡應該是亮的吧？為什麼這款遊戲的畫面那麼黑、那麼暗啊？是為了要營造恐怖陰森的氣氛嗎？」

「主要是為了掩飾兩點。」吳常邊收拾起小房間的道具，邊跟她解釋，「一是開發工期太短，所以遊戲沒辦法呈現太多細節。二是我們對於陳府六十幾年前的內部裝潢，和除夕當晚陳家人穿的衣服一無所知，如果遊戲色調太過明亮，那勢必得選擇全彩，這麼一來，很快就會被謝澤芳留意到衣服的顏色不對，整個場景就會顯得更突兀、更假。所以刻意將畫面調暗、降低飽和度，讓玩家無法注意到細節與顏色的差異。」

「我好像問了一個我不太想知道答案的問題。根本就聽不懂嘛。」她搔著頭說。

志剛突然開啟暗門探頭進來，嚇了她一跳。

「啊！你幹嘛！」她驚道。

志剛沒理她，一臉嚴肅地問吳常：「都蒐集到了嗎？」

「對，」吳常一邊的嘴角勾起，「你可以開『通知』叫謝澤芳到案說明了。」

＊＊＊

當天下午，巽象市市警局便以收到匿名報案電話為由，懷疑謝澤芳在電玩展試玩遊戲時，不慎鬆口承認自己參與陳府滅門案的謀劃，發出通知請他到警局一趟。

謝澤芳的代表律師團立即召開記者會，表示謝副總統有可能是在遊戲中，被女鬼一角給「催眠」或「暗示」，所以才一度認為自己是陳家慶，並且是滅門案的真兇。

在場其中一位記者突然接到巽象市市警局刑事組的楊志剛隊長打來的電話，直接開擴音在記者會上提問。

「如果真的有被催眠的疑慮，為什麼不馬上找第三方具有公信力的精神科醫生來鑑定，而是只憑自己揣測就急著開記者會澄清？」志剛不帶情緒地說，「更何況遊戲業者怎麼會有動機去做這樣的事？」

律師聽了又轉移焦點，指責警方為了結案不擇手段。居然埋伏在遊戲室裡，在外人看不到的密閉空間對謝副總統使用暴力，迫使他認罪。所以他若在遊戲中有任何不當的言論，都是因為遭受到暴力。

志剛立即反擊道：「今天在接獲匿名報案之前，根本沒有刑警到現場。再說，據現場工作人員指出，他的隨扈也在場，怎麼可能在他遭受暴力時沒即時制止？如果真的有這樣的事發生，他怎麼可能不現場反應？而且你們一開始就說，謝副總統懷疑自己當時被催眠，那他在催眠狀態下的記憶，可以作為指控警方使用暴力的證據嗎？」

牙尖嘴利的律師團被問得啞口無言，又改口要求業者——火炬遊戲公開遊戲室監視器畫面以證謝副總統清白。

傍晚時，火炬遊戲將遊戲室監視器畫面和遊戲側錄影片一併寄給各大電視新聞台和網路新聞平台。

到了晚上，所有媒體的晚間頭條新聞都是謝副總統在電玩展玩遊戲時的脫序舉止。不論是監視器或遊戲側錄畫面，都沒有出現「女鬼」和「扮演女鬼的工作人員」的蹤跡。

一夜之間，網路輿論又炸開鍋了，而且第二波熱度還飆得比一開始楊志剛的團隊在網路上匿名爆料還高。

綜觀各界的看法大致可分成兩種。一種是認為謝副總統受到太大的驚嚇，一個人在古宅大門那邊發神經；另一種則認為謝副總統根本就參與了當年滅門案的謀劃，所以在遊戲太過逼真的情況下，一時心虛才不小心說出真話。基於這幾天警方公佈的案情來看，大部分的人看法都是傾向後者。

第二十四章
鐵證如山

這下謝澤芳反而因自己律師團的言論，被多數網友酸說，從頭到尾都在自導自演。

不甘心中計的謝澤芳，仍不放棄使出最後一記回馬槍。他帶著當天的兩位隨扈一起去醫院驗血驗尿。

結果不如他所預料，檢驗報告根本就沒測出有麻醉藥的劑量，只測出他自己體內有長期服用的安眠藥成分而已！

他怎麼會想到，自己與隨扈被下的藥，正是黑維埃企業研發出的新型揮發性迷藥。

人體對這種合成藥物的代謝非常快，吸收後就算未排尿，也會在一小時內藉由流汗排出大部分劑量，而殘餘劑量則低到檢驗不出。再說，這種藥物還在黑維埃內部實驗階段，尚未流入黑市，各國ＦＤＡ（食品藥物管理局）皆未知曉，其成分自然也不在控管清單上。所以醫院就算真驗出這種成分，也無從得知它就是迷藥。

檢驗結果當然也被二十四小時跟拍的媒體記者給想方設法挖了出來。輿論風向隨之一面倒，超過八成的民眾都認為謝澤芳有罪，而且檢調應該要強制他到案說明才對。

事到如今，不敵輿論的謝澤芳，只好在眾目睽睽與律師團的強烈建議、陪同下，趁檢察官正式傳喚之前，灰頭土臉地親赴警局。

＊＊＊

警局內，雖然每位警察都對謝澤芳極為客氣、禮遇，但他就是有種不祥的預感，覺得他們各個都是口蜜腹劍、不懷好意。

尤其是此時身處偵訊室內，坐他桌子對面這個姓楊的隊長，根本就是隻笑面虎！臉上無時無刻堆滿了笑容，開口問的問題卻又不時夾刀帶劍、極為犀利。那眼神中不時閃過陰險的光芒，好像隨時都虎視眈眈，準備趁虛而入，撲上來吃他的皮、啃他的骨，害得他心裡一陣一陣發寒。

「謝副總統，我再重覆一次你的話，你否認自己在遊戲室裡的所有言論對嗎？」志剛微笑地說。

「對。」謝副總統不自覺地挺起肩膀，故作自信坦然的樣子。

「那你記得自己說過什麼嗎？」

謝副總統心中警鈴響了兩聲，心想：這問題是陷阱嗎？

一旁的律師搖搖頭，給他暗示。

「不記得。」他立刻回答。

「不記得？那你怎麼否認？」志剛一臉困擾地說，「要不然這樣吧，匿名舉報的人有提供錄音檔，你先聽聽看再做結論吧。」

說完，不待謝澤芳和其律師反應，他便先朝單面玻璃的那頭一打響指。偵訊室內的喇叭立即播放當日謝澤芳說過的話。

律師一聽煞是尷尬；謝澤芳自己更是丟臉丟到家，心裡自問：敢情我是老了？怎麼會把這遊戲當成是夢，還不小心說溜了嘴！真是背啊！

「怎麼樣？有印象了嗎？」志剛臉上的微笑很真誠，但口氣卻是十足戲謔。

「沒有。反正我通通都否認。」謝澤芳臉不紅氣不喘地說。

「通通都否認？意思是說，這些都不是真的囉？你真的沒有參與陳府滅門案的謀殺？」

「當然沒有！我可以對天發誓！」謝澤芳信誓旦旦地舉手道。

他為人發誓像放屁一樣，放完就算了，對他來說根本不痛不癢，對志剛來說更是一點說服力也沒有。

志剛乾笑兩聲，揮揮手說：「發誓就不用了。謝副總統這麼有誠意當然是好事。只不過有幾點我們覺得很奇怪。我們要求火炬遊戲提供你當天身上所有穿戴裝置的原始資料。從生理偵測數據來看，你當時說的話有很大的可能都是真的啊。」

「什麼數據？什麼生理偵測？」謝澤芳顯得有些錯愕，「我穿的不都是VR裝置嗎？」

「喔，是這樣的，你身上配戴的當然是VR裝置，但是它們同時也有生理偵測的功能。事實上，」志剛頓了頓說，「這些裝置的功能加起來，剛好跟測謊機一樣呢。」
「你說什麼！」這下換律師大驚失色。
「呼吸、心跳、脈搏、血壓，甚至是血氧和膚電反應，一應俱全。對比你一開始看到遊戲中的喪屍起身時，因害怕所產生的生理變化，你在陳述斷頭案相關案情的時候，經測謊專家分析，有百分之九十五以上的機率是真話喔。」志剛笑著說，「現在的穿戴式偵測裝置真的很發達呢，謝副總統。啊不對，或許我應該稱呼你，陳家慶？」
「你——」謝澤芳硬是忍下拍桌大罵的衝動，喘了幾口氣，才緩緩說道，「我不知道你在說什麼，反正那些都不是真的，我不是陳家慶，我也沒有殺人！」
「是嗎？」志剛一臉無辜，「可是很奇怪耶，我們對比你二十六歲參選巽象市議員的公開演說和陳家慶十五歲時的校慶致詞，聲紋竟然高達92％吻合耶。你真的不是陳家慶嗎？」
「我是謝澤芳！」他終於忍不住了，怒拍桌大喝，「改名前就叫陳阿棟！」
律師推了推眼鏡，幫腔道：「遊戲時的偵測裝置和環境都不符合標準作業程序，也不等同於正式接受專業測謊，怎麼能作為有力證據呢？」
「要不然我們現在就進行測謊吧？」志剛提議道。
「謝副總統，」律師對他說，「您有權拒絕測謊。」
「當然有權拒絕啊。」志剛攤手，一副無所謂的樣子，「怕就怕待會媒體詢問的時候，會被有心人士曲解嘛。」

謝澤芳桌面下的雙手握緊成拳，咬牙說道：「我拒絕。」

志剛恨不得起身掐死他，再抓律師的頭去撞牆，心裡直罵：死鴨子嘴硬！事到如今還不認罪！

然而，他還是表現出無所謂的樣子，聳聳肩道：「那好啊，我們繼續。」

謝澤芳和他的律師怎麼也沒想到，接下來志剛居然一連問了六件謝澤芳過去買兇殺人的案子！

謝澤芳暗叫不好，怎麼想都想不到，今天赴的這場會是鴻門宴！

看來現在面臨的已經不僅僅是斷頭案，而是有人早已暗中佈局、蒐集這些證據，要置他於死地。

這次警方是有備而來。但是到底是誰？我有什麼政敵還沒肅清嗎？

謝澤芳怎麼想都想不透。

＊＊＊

儘管謝澤芳在律師的指示下，不是回答「不知道」，就是沉默不答，志剛還是在問題的最後，以多件重案「證據明確」為由，將謝澤芳移送地檢署。同時，志剛也將吳常這幾天來所蒐集的資料，連同當年楊正、張芷、楊玄白三人珍貴的卷宗檔案一併遞交。

地檢署偵查庭因警局提供資料足以證明犯罪事實，檢察官不費吹灰之力便認定犯罪事實明確，當場起訴他高達七件教唆殺人既遂案。

陳府滅門斷頭案如今已是全島關注的焦點，又被總統府事前指示勿枉勿縱，法官同檢察官一樣，皆不敢輕率處理，無不繃緊神經。

起訴之後，法官訊問謝澤芳，他從頭到尾都按律師指示保持緘默。法官認為他犯罪嫌疑重大，所犯又皆為重罪；再加上他位高權重有湮滅、偽造、變造證據或串供之虞，便裁定收押禁見。

此舉一出，舉國譁然。一則是「這種權貴竟然沒被裁定交保」，二是「難得重案辦案效率這麼高」，三是「謝副總統為什麼一直保持沉默」。

不少名人、知名律師和人權團體開始質疑這樣違反司法程序，甚至不少名嘴又開始上節目公開「臆測」謝副總統可能被政敵清算。

也有他黨立委或議員跳出來稱讚司法實踐正義，法官終於從侏儸紀回到二十一世紀了。

＊＊＊

謝澤芳在巽象市看守所裡看著電視新聞。

面前的滷肉飯、梅干扣肉、鹹蛋炒苦瓜、番茄炒蛋和紫菜蛋花湯都已經涼了，可食慾缺缺的他連一口都沒吃。

敵對政營說了什麼，謝澤芳一點也不在乎，更遑論那些不相關的死老百姓。

他在乎的是同陣營的人。他們對談論副總統是否有罪這話題，明顯都避之唯恐不及，在媒體面前都拒絕受訪，連跳出來表示信任、為他說幾句場面話都不願意。就連平時與他稱兄道弟的同黨議員、立委，甚至是總統也都不表態支持。

被關了兩天，對於自身的處境，他到現在都還是感到難以置信。

檢察官哪來的豬腦起訴我？法官哪來的狗膽不讓我交保？為什麼要取消法律追溯期？難道他們從沒殺過人嗎？就不怕搬石頭砸自己的腳嗎？團隊和家裡到底在做什麼？黨內到底在做什麼？總統到底在做什麼？怎麼還沒有人把我救出去！這幫垃圾！

他起先不明白，自己手上握有這麼多人的把柄，怎麼會連一個來救他的人都沒有。後來他才明白：正因為如此，大家都巴不得我被滅口吧？真是機關算盡太聰明，聰明反被聰明誤。

想到自己苦心經營政商兩界，成了大家的靠山的同時，自己反而沒有靠山，心裡就感到又酸又苦。

樹倒猢猻散。難道我會因為這樣就失勢嗎？我是不是沒機會當總統了？

想到這，他又忍不住自問一句：這一切，真的不是在做夢嗎？

下一秒，他又苦澀地自答了句「不是」，再次認清自己這下真的栽了。他覺得自己真是倒楣透頂。

第二十五章
閻王令

用過晚餐，謝澤芳打著地鋪，枕臂環視這簡陋又寒酸的單人小房，心裡不停盤算著要如何全身而退，不知不覺就過了午夜。

「吭啷、吭噹。」外頭走廊上突然出現詭異的聲響。

什麼聲音？

謝澤芳臉轉向走廊的方向，側耳傾聽。

看守所舍房與他以前想像的不同，朝走廊那面不是一排頂天及地的鐵杆，而是像宿舍一樣，是一面實心無窗的牆，從舍房內根本看不到外頭走廊的狀況。

「吭啷、吭噹。」

聲音一陣一陣，間隔固定，彷彿帶有某種節奏似的。在凌晨時分，寂靜的看守所內顯得特別清晰響亮。

謝澤芳起了警覺，坐起身便躡手躡腳地走向門口，將耳朵貼在門板上細聽。

「吭啷、吭噹。」聲音在走廊上持續迴盪。

謝澤芳倒抽一口氣，往後退了幾步，感到沒來由的心慌。

走廊的攏音效果使得他一開始聽不太清楚，方才耳朵貼在牆上才聽出來。這像是有人走路的時候，手中搖擺的鐵鍊不時撞到牆上所發出來的聲音。

而且，這聲音，越來越近。

「叩叩叩。」離他不遠的舍房傳來敲門聲。

「陳家慶。」走廊上有個男人喚道。

聲音聽起來很陰沉沙啞。謝澤芳知道，那是死人硬要開口說話的聲調。德皓大師不管換了幾次軀殼，講話永遠都是這個樣子。

那間舍房內沒有聲音傳出來，想必裡頭的人正在熟睡。

「吭啷、吭噹。」

走廊上的人繼續往謝澤芳舍房的方向走來，敲過一間又一間，喚過一次又一次他的本名。

「叩叩叩。」

冷汗從謝澤芳髮際間潺潺流了下來。即便耳朵沒再貼著牆，他也聽出來了。那是他左邊那間的被羈押者。

此時他只要墊腳從門上的開孔勉強往外看，就能看到走廊上的傢伙。

可是他不敢。

多年與德皓大師相處的經驗告訴他，門外的不是人。

就算真有人講話如此詭異，就算真有人會在空蕩的走廊上貼著牆壁走，也不會連一聲腳步聲都沒有。

謝澤芳直覺就是墊腳快步走回床墊上，拉起被子，背對門裝睡。

「陳家慶。」

左邊那間舍房內回以一陣咕噥，被羈押者似乎在說著夢話。

果然不出謝澤芳所料，兩、三秒後，鐵鍊敲到他舍房這頭的牆上：「吭唧、吭噹。」

「叩叩叩。」敲門聲響起。

背對門的謝澤芳全身僵硬，雙目緊閉。他不知道門外的到底是誰，但他就是感到幾近崩潰的壓迫感與戰慄。

「陳家慶。」

等待鐵鍊聲遠去的每秒都成了揪心的煎熬，謝澤芳嘴唇抿成一條線，連氣都不敢喘一下。

「叩吭、叩吭。」

鐵鍊敲擊的聲音再次響起，儘管這次聲音與剛才的不太一樣，謝澤芳還是鬆了一口氣。就在他想翻身躺平的剎那，突然意識到，那兩下敲擊聲是鐵鍊敲到木頭地板的聲音！

就在這個時候，背後突然傳來那反覆喚他本名的男人聲音。

「找到你了……」

謝澤芳反射性轉頭張開眼睛，赫然瞧見一個窄臉長舌的白袍男子和一個五官扭曲如融化般的黑袍男子貼著他的臉，浮在半空中！

「啊！」他大叫一聲，鬼影登時消失。

他狼狽地滾到一旁，想逃又因腿軟而爬不起身。再說他就被關在舍房裡，又能逃到哪裡去。

一塊木板般的東西忽然從天而降，叩地一下打到他頭，又翻了幾轉，「咔啦」一聲墜落地面。

另一頭窗外的燈光將它照亮，木褐色犯由牌上明明白白寫著一個朱紅大字。死。

他嚇得抖了一下，眼睛都還沒眨，那犯由牌居然又消失了。

「平生不做虧心事，半夜不怕鬼敲門。」

聲音從他面前響起。但是此時低著頭的他，根本沒看到地上有自己以外的腳啊。

他愣了一下，顫顫巍巍地抬起頭。

「黑白無常？」他難以置信地說，「不可能……怎麼可能！」

「時辰已到，乖乖跟我們走。」黑無常說道。

「不可能！」謝澤芳雙眼圓睜，「德皓大師說我可以長生不老！」

白無常冷嗤一聲，道：「屁話！這世上只有天地能不老！還什麼德皓大師！他哪根蔥、哪顆蒜？」

「那也不該這麼短啊！那麼多混吃等死的廢物都可以活到八、九十，沒道理我比他們短命啊！我、我……」謝澤芳一時語塞，支支吾吾地說不出個所以然。

「少廢話！大王要你寅初死，誰能留你多一刻！」黑無常手上的勾魂索一拋一拽，就將謝澤芳的魂神給勾了出來。

白袍男子舉起朱紅火籤對黑無常道：「走！」

之中。

「不——」謝澤芳的魂還來不及低頭看一眼地上的軀體，便跟著黑白無常消失在空氣

地上的人眼神之中不再有光采，身子晃了幾晃，就往後重重倒下，閉上眼便呼呼大睡。

他的肉身有魄無魂，從此僅依本能而動，猶如行屍走肉。

＊＊＊

稍早之前，重重陰曹地府內，一座凌空的巍峨宮闕中，傳來五殿閻羅威震八方的怒吼。

「大膽！」閻羅王怒拍大案，森羅殿為之一震，「事到如今，這廝還不知錯！」

閻羅王面前珠簾一晃，喊道：「黑白無常！」

紅毯上，黑白無常恭敬一揖，同聲應道：「在！」

閻羅王一扔犯由牌，命令道：「即刻捉拿陳家慶，不得有誤！」

藍袍陰陽司判官揣摩上意，雙手呈上生死簿，簿子隨判官心意翻到陳家慶那頁。

閻羅王大筆一揮，陳家慶壽辰登時一改。

須臾，閻羅王冥眼望見黑白無常自陽間押走陳家慶，手臂當即霸氣一揮，九泉之上的浮生池裡，陳家慶的「命蓮」立即熊熊燃起，頃刻間便被烈火吞噬殆盡。而他在若夢池裡的運蓮也隨之枯萎、沉沒。

從今往後，他與陽間再無瓜葛，也不會再有機會投胎轉世，歷經人間悲苦考驗，完成緣起之初的宿願。

地獄將是他唯一的歸宿。

待其魂神一到森羅殿，閻羅王便會立刻將祂打下十八層無間地獄。

他將與陳德皓相仿，於陰間底部服苦徭勞役，遍身時時刻刻受業火焚燒之痛，永世不得超生，直至緣滅。

＊＊＊

謝澤芳的家人與底下幕僚並非沒有動作，這幾天一直緊鑼密鼓地籌劃如何為其脫罪。

撇開其他六件買兇殺人，律師團認為，最受國民矚目的「陳府滅門斷頭案」，檢調根本不可能有直接證據，勝算反而是被告的七件重案中最高的。

就算「滅門案」真的不敵輿論風向，法官仍判謝澤芳有罪，律師們也可主張被告患有精神疾病，長期服用藥物、接受治療雖有改善，但仍未澈底根絕。如此只要所方安排謝澤芳進行精神鑑定時，謝澤芳施展演技即可。

再者，若精神鑑定也不過，只要謝澤芳認罪，表現深具悔意，判決定讞時一定是從輕發落。

就算謝澤芳等不及減刑、假釋，律師也可以來一套保外就醫。他到時候還是能親自經手大事。

一審開庭時，檢察官與被告謝澤芳的辯護律師一如既往地展開攻防。

檢察官主張，謝澤芳犯下七件教唆殺人，尤其舉國震驚的滅門案，謝澤芳不但親自參與策劃和實行謀殺，受害對象還包括直系血親父母，罪行重大、泯滅天良，求處死刑。

律師則反駁，關於滅門一案，檢方沒有任何直接證據，間接證據又薄弱無力，提出的不過是邏輯嚴密、很有噱頭的完美「假說」，根本就不具起訴條件。

檢察官表示，光是多項指向「唯一結論」的間接證據所串起來的「證據鏈」，就遠比單一一項直接證據，還更具可信力。

法官點頭同意。即便沒有直接證據，構成「有罪」結論的間接證據環節列得越多，證據效力就會越高。這點他是清楚的。

除了多項證據和疑點外，法官也注意到被告謝澤芳玩遊戲時的生理偵測報告，再對比被告本人與代表律師前後公開說詞反覆這點，他認為被告有罪。

辯護律師察言觀色，認為自己這方處於劣勢。在法官宣佈判決前，他先一步拿出準備好的資料，主張為被告先進行精神鑑定。

然而，人算不如天算。

不論法官怎麼質詢被告謝澤芳，他從頭到尾都目空一切、不吭一聲。

法官冷哼一聲，道：「裝模作樣。」

法槌一擊，當庭依七項教唆殺人罪，判處被告謝澤芳死刑！

＊＊＊

潔弟好幾天沒回家了。

家裡人神經簡直粗得跟海底電纜一樣。她明明就沒扛行李箱出門，每個人還是都以為她這幾天帶團出國去了，哪裡知道她剛從鬼門關走一遭回來。

反正她也懶得解釋，索性順水推舟地裝作自己剛從機場回來，嘴上不忘抱怨這團好小氣，小費連買包擦屁股的衛生紙都不夠。

奶奶連忙告訴潔弟，她帶團出國的時候，老師父生了一場大病，這才剛出院，要她有空去寺裡看看他。

一想到他當年為了自己折了十年的壽命，已沒有下一個十年好活，潔弟心裡就泛起一陣酸楚。

心裡很記掛老師父的她，一聽奶奶這麼說，便道：「不行！我現在就去看他！」說完立刻又轉頭衝出家門。

第二十六章
無臉鬼

潔弟來到白鶴寺，跟寺裡幾位相識的師父打過招呼、說明來意，一位白皙俊美、眉眼柔和卻堅毅的年輕師父便領著她到寺後，指著竹林中的一間木造小廬。

「快去吧。」年輕師父催促道，「德卿師父等妳很久了。」

狹窄蜿蜒的山徑隱沒在濃密的竹叢中，盡頭的木造老房座落在地勢陡峭蜿蜒的山坡上。微風徐來，層層交疊的竹影搖曳，它若隱若現，彷彿懸浮在竹浪之間，令人難以捉摸其真實距離。乍看有些遠，實際走不到十分鐘山路就到了。

潔弟敲了敲屋門，裡頭一個蒼老又溫和的聲音說道：「潔弟啊，快進來，門沒鎖。」

她推門入內，裡頭擺設雖樸實簡單卻一塵不染，就像老師父的為人一樣。臥在床榻上，清瘦的他見到她的第一眼，便漾起溫暖的笑容道：「辛苦啦……這些日子妳也不好受吧……」

她一聽，還沒來得及開口，眼淚就先撲簌簌地掉了下來。

她撲上去抱住他，一把鼻涕、一把眼淚地說，「師父……原來你都知道啊……」

「當然知道啦。唉……我多擔心啊……」老師父拍拍她的背，有氣無力地說，「難為妳啦，吃了那麼多苦……可惜我老了不中用，沒辦法再保護妳了……」

她抹抹眼淚，打腫臉充胖子地說：「我都那麼大了，哪還需要你保護啊？師父，你趕快養好身體，我帶你去歐洲玩好不好？」

「呵呵呵……」老師父笑彎眼睛，慈祥地說，「孩子啊，我等妳來就是要提醒妳一件事……是不是忘了什麼啊？」

「有嗎？」她納悶地問道，「什麼啊？」

她下意識摸摸頸間，低頭看看自己，老師父要奶奶轉交給她的玉墜還好好地掛在脖子上。

「沒掉啊。」她又說。

「還有一個人妳忘了……」老師父淡淡笑道，食指輕點她的印堂。

剎那間，前世小環和若梅的記憶都再次在潔弟的腦海中掀起波濤……

＊＊＊

今晚，月明星稀，萬里無雲，海浪拍打著逐漸由翠綠轉淡的老梅槽，嘩啦嘩啦地上演日月的交替。

德卿老師父顫抖地下了車，在潔弟和那個長相俊俏的年輕師父攙扶下，步行至緊鄰綠石槽的沙灘邊緣。

本來只有他們三人要來，吳常在得知不願見他的老師父要來北海岸，連晚間表演也不顧了，二話不說就從金沙大飯店趕來。

他自己來就算了，還把志剛也叫了過來。真不知道他們兩個之間到底是什麼關係！而且志剛來了也就算了，又叫小智也一起過來。簡直就跟串粽子一樣，沒完沒了。潔弟心想。

老師父雖以前不願見吳常一面，可等到不請自來的吳常出現在他面前，他也只是搖頭輕笑，並不怎麼生氣。

話說回來，潔弟認識老師父二十年了，還真沒看過他發過脾氣、動過一次怒。

「阿凌啊，」老師父為潔弟打起傘，吩咐道，「開始吧。」

年輕師父點點頭，喃喃念起咒語：「五雷五雷，速降九垓。神人有敕，鞭龍掃埃。木星下附，吐雲行魁。大震霹靂，邪鬼摧崩……」

同時手抄黃符，掌心一翻，符紙竟登時燃燒起來！

潔弟與志剛當場都看傻了眼，吳常更是直接湊到年輕師父身邊看。他貼得太近，害得年輕師父好尷尬。

「這是上官凌。」老師父向他們介紹道，「前幾年師父曾經託夢給我，說他跟你們有緣，所以要我代他收他為徒，傳他道法。」

「老道？」潔弟驚呼一聲，立即想到在陰曹遇到祂的情景。

她酌思道：當時祂和閻羅王一說完悄悄話，閻羅王就說『此事非同小可』。而且他們說的祕密好像還跟我有關，所以當時閻羅王才勉為其難地暫時放我一馬。不知道到底是在說什麼事，好想知道喔。

老師父接著有些害羞地摸摸頭，對潔弟說：「妳也知道我資質平庸，跟我師父比起來，功力懸殊，也沒什麼真才實學。我怕教不好他，就將師父留下的經典都送給他鑽研。沒想到才幾年的時間，他道行就遠在我之上了。」

「啊？所以他又是和尚，又是道士？」小智問道。

「不是的，他是道士。只是長住在寺裡，所以才常被人誤以為是和尚。」

「那他幹嘛剃光頭啊？光頭很難駕馭耶，還好他頭型好看。」潔弟問。

「怕熱啊。」老師父又摸了下光頭，繼續說，「師父說啊，等到時機一到，你們自然會再相遇。到時候，他就能幫你們了。」

「哇靠，是不是真的啊！還未卜先知咧！」志剛一臉不信。

「喔你誤會了，我說的『你們』指的是潔弟，」老師父指著吳常，「還有他。」

「喔？那他是要幫什麼忙啊？」潔弟好奇問道。

「呵呵，天機不可洩漏。」老師父擺擺手。

就在他們談話之際，上官凌口中仍念念有詞，咒語念到尾聲，「……急截急截，霖雨速來。急急如律令！」

「磅！」一道刺眼的閃電直搗海面，將整片海岸瞬間照亮。

志剛抖了一下，見萬里無雲的天空，竟突然打起旱雷，小聲碎嘴道：「真邪門！」

不僅如此，流雲竟開始從四面八方快速匯聚到他們上空，頃刻間就形成烏雲掩月之勢！

細雨開始飄降，潔弟這才恍然大悟：難怪老師父要幫我撐傘。

志剛手肘頂了頂吳常，低聲問道：「沒事幹嘛祈雨？種田啊？」

「潔弟說，祂只在雨夜出現。」

「誰？」志剛立即反應過來，「祂！」

一抹鬼影現身在距離他們幾十步遠、臨海的綠石槽末端，憂鬱地望著月光下的大海。

「去吧，孩子。」老師父慈祥地說，「我會看著妳。放心。」

「嗯。」潔弟點點頭，心想：有師父在，那就沒什麼好怕的了。

隨即單手結印，手背上的雪白刺青形成瑰麗的孔雀羽紋。她閉上雙眼，往後踏去，進到那鬼的執念裡。

＊＊＊

眼前的景象色調黯淡許多，但看的出是在白天。一艘刷白漁船出現在遠方的海平面上，緩緩由南向北航行。

儘管身穿粗布麻褲、打著赤腳，戴復古圓框金絲眼鏡的祂，仍流露著往昔的書卷氣。此刻的祂正神情憂傷地看著那艘船。

潔弟放下結印的手，朝祂大喊：「賴大哥！」

海風吹亂賴世芳的短髮，理應也捎去她的呼喚，但祂彷彿充耳不聞，一點反應也沒有。

不過，潔弟說什麼都不會冒著生命的危險走上崎嶇的綠石槽的。

姑且不提綠石槽地形高低起伏、坑坑洞洞，光是上頭那長滿海藻、苔蘚的表面，她想爬到祂旁邊都得費一番功夫。

更何況，很多當地人和導遊都知道，老梅槽可是著名的「殺人溝」！以前沒管制的時候，每年免不了會死幾個人。只有不知情的遊客才會傻傻走上石槽。

站在沙灘上看不出來，海蝕溝有的地方溝深超過五米。下方因地形形成的漩渦，水流會將人猛往下捲。人一旦失足落海，絕對十死無生；光是屍體都可能卡在深處的溝壑中，撈不上來。

所以不少消防隊、義消救難員間才會盛傳這一帶有水鬼抓交替。一旦接獲報案，救難員就算穿了潛水裝備，也還是會怕被「鬼拉腳」。

潔弟又喚了賴世芳幾次，但祂始終無動於衷。她想了想，就從背包中拿出一本破爛到快散架的詩集。

這是若梅生前最喜愛的書。是賴世芳當年存了好久的錢，買來送給她當生日禮物的。

這本書一直被擱置在陳府的裙房，也就是小環房間裡的書架上。

潔弟翻開泛黃的扉頁，從第一行開始念。

「我打江南走過，那等在季節裡的容顏如蓮花開落。」

瞥了一眼賴世芳，還是沒反應。她不死心，又再念了句。

「東風不來，三月的柳絮不飛，你的心如小小寂寞的城。」

祂還是不理她，似乎對這首鄭愁予的《錯誤》興致缺缺。

她又再試著念其他幾首詩，祂還是連動都沒動。她想，也許喜歡鄭愁予的是若梅，而不是祂？

潔弟愁眉苦臉地想：到底要怎麼樣才能吸引賴世芳注意？唉，祂到底喜歡什麼啊？

一陣強勁的海風掃來，將賴世芳的衣服吹鼓起來，祂整個人像是迎風的風帆，隨時會引船遠揚。

「風？風！」

這一幕讓潔弟突然想到，若梅生前喜歡唱歌，有幾首她怎麼唱都唱不膩。但是只有一首，是她跟賴世芳都喜歡的。那就是作曲家鄧雨賢的《望春風》！

憑著小環和若梅的記憶，她立刻想起旋律和歌詞，朝賴世芳唱道：「午夜無伴守燈下，春風對面吹。十七、八歲未出嫁，想著少年家。」

她才開始唱沒幾個字，賴世芳便渾身一顫，扭頭過來看她。雖然她與祂之間有段距離，但是她看得出來，祂的眼神不再憂鬱，而是充滿驚愕、不解與好奇。

「果然標緻面肉白，誰家的子弟？想要問他又害羞——」她繼續唱著歌。

祂身子幾番一隱一現，轉眼就來到她跟前，開口唱完最後一句：「心裡彈琵琶。」

「賴大哥！」潔弟欣喜地說，「祢終於理我了！」

「妳是？」賴世芳困惑地看著她。

「我是……」她一下子不知道該怎麼跟祂解釋，就說，「不管祢信不信，反正我是陳小環轉世。」

「陳小環？」

「若梅的丫鬟啊。」

賴世芳茅塞頓開，立即想起小環這個人。只不過祂接著又說：「可是我怎麼記得若梅說，小環是她妹妹啊？對了，她人呢？她……過得好嗎？」

潔弟不介意再多費一番唇舌解釋給祂聽。但是不知道為什麼，她就是不想告訴祂若梅遭姦污和被誣陷槍決的事，只說若梅已經去世很多年了。

為了勸祂放下執念，她又說謊騙祂：「對了，當年那些殺祢的碼頭工人，都已經被警察抓走、槍斃了。他們已經得到應有的懲罰，以後再也不能害人了。」

誰知道賴世芳根本就不在乎那些碼頭工人的下場，只是一心想著愛人。

「若梅她……」痛苦的賴世芳五官揪在一起，語帶哽咽地說，「一定等我等了很久……」

「小環妳說，我是不是誤了她的青春？」兩行清淚滑落臉頰，祂越說越激動，按著潔弟的肩膀問道，「她後來到底有沒有嫁給一個好人家？丈夫對她好不好？疼不疼她？」
「若梅她……」本來潔弟還想繼續瞞著他，可是不知怎麼地，她才開口就跟著哭了，終究還是撒不成謊，直言相告道，「一輩子都沒有嫁人……」
「我竟然……誤了她一輩子……」賴世芳深受打擊，雙手摀住臉，泣不成聲，「我……」
「她不在乎等祢多久。她願意等祢一輩子、等兩輩子、等三輩子！多久她都等！只要祢能回到她身邊！」
「我……我能嗎？」賴世芳迷惘地看著潔弟，「太遲了……她已經不在了……我終究是負了她……」
「不遲！一點也不遲！祂還在等祢！」潔弟抓住祂冰冷的手臂說道，「就在陰間禁丘！」
「陰間？禁丘？」
「嗯！」潔弟點點頭。
「我要怎麼樣才能去那裡？」
「祢死了這麼多年，一定早就過了壽辰。只要祢放下執念，到地府報到，就能馬上受審。到時祢求陰間官員讓祢見若梅，說不定祂們會幫祢啊。」
「可是……若梅祂……還會願意見我嗎？」賴世芳哭著喪臉問她。
「當然！」

「真的？」賴世芳的雙眼閃過一絲希望，「祂……不怨我？」
「從來沒有！」潔弟眼神堅定地說。

第二十七章
芳草

潔弟在眾人眼前憑空消失，志剛跟小智都感到不可思議，立刻上前在她原本站的位置亂揮一通，想確認這是不是什麼魔術障眼法。不論他們怎麼撲抓，始終都只有空氣從他們的指縫中流過。

「夠了，」吳常平靜地對志剛說，「我找你來，不是要給你看魔術表演的。待會說不定潔弟說的那個汽油桶會再次出現。」

「是不是真的啊？那也太扯了吧。」志剛半信半疑地說。

就在這個時候，綠石槽末端的海面上，竟還真的無端浮出一個深色的汽油桶！

「哇靠，真他媽活見鬼！」志剛訝異地說。他推了一把小智，命令道，「快，叫人來打撈！等下漂走就完了！」

老師父看向那汽油桶，點了點頭說：「嗯，禪機已到。」

接著他轉頭對吳常說：「我之前不願意見你，是因為要是我們談得太多，聰慧如你一定會窺曉前世、得知天機，這樣反而會折你的福壽。但是……也許是老天爺的安排吧，總歸我們有一面之緣。時機一到，還是讓我在這個時候遇見你。」

老師父說著說著，將傘遞給吳常，囑咐道：「潔弟以後就麻煩你了，你可要好好為她遮風避雨，別讓她涼了心，知道嗎？」

吳常不答，只是接過傘，一臉困惑地看著他。

老師父也不再多做解釋，只回以一笑。那笑容很輕很淡，卻如晚風一般沁人心脾。

「來，」老師父轉頭對上官凌說，「阿凌，送我一程吧。」

「師父……」上官凌眼眶立即紅了，嘴唇顫抖地說，「再見了……」

「呵呵，凡塵一切如夢幻泡影，本來就沒有的東西，也就沒什麼好捨不得的了。」老師父拍拍上官凌的肩，說道，「記得，隨緣、隨喜。」

「嗯。」上官凌吸了一下鼻子，緩口氣後，從背包中拿出一塊形如琥珀的松香，將其以金色符紙點燃，對老師父說，「師父，你慢走！」

老師父閉目結印，原地踩起罡步，待走到第一百零八步時，上官凌劍指掐著松香，朝西南方猛力劃下，賴世芳的執念結界被劃開一道缺口，一陣陰風登時湧出。

就在此時，老師父身子為之一鬆，整個人像是被抽走空氣般，突然倒了下來。吳常眼明手快地伸手扶住他，打算將他平放在沙灘上。

上官凌另一手再燃起一張金色符紙，朝那缺口由下往上一劃，喊道：「收！」

缺口立刻封起，那股突如其來的陰風也在剎那間止住。

上官凌連忙從吳常手中接過老師父，將其擺成打坐之姿。先將背包裡一件滿是補丁的破爛袈裟披在老師父身上，再將金剛杵放在老師父手中，最後將其十指結成三昧印，這才總算忙到一個段落。

＊＊＊

賴世芳得知若梅從沒怨過祂，當即面露喜色，嘴角上勾的同時，海上立即浮出那裝屍的汽油桶。

「太好了！」潔弟興奮地尖叫。

但是她緊接著發現，周圍的景物開始消失了！

賴世芳也注意到這異象，忙問：「這是怎麼回事？」

「祢放下了執念，現在這結界要塌了！」她說。

「什麼意思？那現在怎麼辦？我們要逃嗎？」

「我自己有方法可以離開。但是祢、祢幹嘛不趁現在去地府報到啊？」

「地府報到？地府怎麼走啊？」賴世芳困惑地說。

「不會吧！」她大驚失色地叫道，「祢不知道怎麼去？」

「不知道啊。」賴世芳一臉無辜又緊張地環顧四周，「怎麼辦、怎麼辦？」

她轉念一想：這麼說也是。

記得老師父曾經告訴過她：流連陽間的鬼，七魄會隨時間慢慢消散。執念一但消失，鬼只要還有一魄在，依然會被轉入混沌七域。待魄被混沌剝離完，魂神就會被轉到鬼門關前，由鬼差帶其入地府報到。只不過如此一來，七魄不全的亡者就不能途經完整的七域，少了能審視一生、了解自身內心的機會。然而，像賴世芳這種幾十年前慘遭殺害、深陷執念之中的鬼，其七魄早就散光了，根本無法入混沌，又該怎麼去鬼門關呢？

此時他們背後的山巒與前方的海洋都已經消失，只剩下周遭一帶的綠石槽、沙灘了！

潔弟忽道：「啊對了！超渡！老師父可以幫你啊！」

說曹操、曹操到。老師父的聲音突然從他們身後出現：「孩子啊。」

潔弟轉頭一看到老師父，欣喜若狂地叫道：「師父！」她心想：我就知道他不放心我！但是他是怎麼進來的？他現在的身體這麼虛弱，應該沒辦法施法進執念啊。

「呵呵，」老師父步履有力平穩地朝他們走來，「這裡交給我就行了。妳快回去吧。」

聽他這麼說，潔弟突然有股不祥的預感，便搖搖頭，不太明白地問道：「為什麼不一起走？」

「呵呵，我這次進來，就沒打算回去了。」老師父神色泰然地說。

「什麼！」她震驚叫道。馬上想到六歲那年，執念裡的老道帶著王冬梅離開的一幕。

「你……你是不是也要跟老道一樣……」話說到一半，潔弟就哽咽地說不下去了。

「是啊。」老師父慈愛地摸摸她的頭。

眼淚一滴一滴地滑落臉龐，她抓住老師父的手說道：「我不要！你別走！」

「別難過，孩子。還記得我說過的話嗎？緣分是流動的，只要我們有緣，一定還會再相遇的啊。」

「像你這麼好的人，應該要活很久才對，至少也要長命百歲……」她不捨地說。

「呵呵，我已經活得夠久啦。我這一生，沒什麼好不知足的了。現在還有機會渡人，我很開心。」老師父露出滿足的笑容。

「師父……」她一聽更是淚流不止，心想：老師父一生處處為人著想，也從不要求什麼回報，怎麼老天爺不讓他多活幾年呢？

「時間不多了，快走吧。」老師父催促道。

「我不要……」

「去吧，孩子。妳的人生還很長。往前走，別回頭。」

她搖搖頭，已是淚流滿面、泣不成聲。怎麼樣都沒辦法離老師父而去。

她早就把老師父當親爺爺了，叫她怎麼捨得？再說，要不是他當年為了救自己進了混沌，又怎麼會折壽十年？

「唉，真拿妳沒辦法呀……」老師父從懷中抽出一張白色的紙人符，迅雷不及掩耳地貼在她背上，她立刻像是身體被痲痺似地，失去所有知覺。

老師父將她的手指結成印，孔雀羽紋再次現身。他接著退一步，劍指一轉，她立即跟著轉身。手勢再一比，她腳立刻往前踏了出去。

賴世芳的執念裡，只剩下祂們周圍不到五公尺方圓的沙灘，結界隨時都會全面崩塌。

「走吧，孩子。待會你進了鬼門關後別走得太快，等我七日出混沌後，黃泉路上，我們作伴一起走。」老師父慈祥地對賴世芳笑道。

賴世芳雖是初次見到老師父，但見到祂的第一眼，便感到一股莫名的安心與溫暖，心中產生一股信任之情。

聽老師父這麼說，他也沒半分懷疑與猶豫，立即點頭：「嗯。」

身披袈裟的老師父，面相莊嚴，腳跺地的剎那，高舉金剛杵，嗓音蒼老而渾厚地喊道：

「立—地—成—佛——」

在結界徹底消逝之前，兩人趕在最後一刻同時化成一道柔白光輝而去……

＊＊＊

潔弟張開雙眼，此時已分不清在臉上的是雨還是淚了。

老師父在沙灘上盤腿而坐，他閉目微笑，面容安詳。

一陣潔白的花雨乘著山風輕柔地灑落。潔弟一抬手，一朵指甲大小、形似白蓮的小花在她掌心中躺下。登時又是一陣鼻酸。

她認得它。

她知道這是老師父要自己轉送給奶奶、替他告別的。

這微不足道、四處可見的小野花是蓮豆草，又叫菁芳草。老師父曾告訴過她，那是奶奶最喜歡的花。

潔弟小時候常去寺裡找老師父。只要老師父在路上看到菁芳草，總想著要送給奶奶。但是對他來說，連摘朵花都是殺生。所以他就會滿地找掉落的花，怎麼樣都不肯直接採。有時候就是找不到，他還會傻傻站在原地等好一陣子，就是為了等花落，好送給奶奶。

以前潔弟不明白他為什麼要這麼費事，便問他：「師父，你為什麼一定要送奶奶菁芳草呢？」

他一副理所當然地笑著回她一句：「妳奶奶喜歡啊。」

當時她不明白這句話的涵義。直到她從混沌七域走一遭回來，才恍然大悟。

原來這麼多年來，老師父一直都愛慕著奶奶。

潔弟捧著花正想朝老師父走去，忽然又一陣輕柔山風吹向海邊，他的軀殼瞬間全都化成砂塵，乘風而去。

他，坐化了。

「如樹林、如山風、如明月、如大海。」上官凌朝西方雙手合十、彎腰垂首說道，「道法自然。佛即自然。」

「生老病死是宇宙的規律。死亡從來沒有錯過誰。」吳常撐著老師父的傘，走到潔弟身旁為她遮雨，以他的方式安慰她，「總有一天你們會再見面的。」

「嗯。」潔弟低頭看著手心裡的菁芳草，點點頭說，「一定會的。」

第二十八章
大赦九泉

謝澤芳現在的處境可說是官司纏身。除了七件教唆殺人案外，檢察官在搜集多項匿名檢舉人提供的證據後，另外又以受賄罪起訴他。

其中最受矚目的貪污案，就是謝澤芳以協助推動一筆天價軍購案為條件，收受美國軍火商——馬丁公司的鉅額款項。雖然與馬丁公司之間隔了多層白手套，但經過檢調過濾追蹤，還是查出多項關鍵往來金流紀錄，足以將謝澤芳定罪。

一同被收押的謝澤芳特助——謝振華，怎麼想都想不明白：明明自己就萬分小心，怎麼還會被警方追查出證據？

他哪裡想得到，這一切都是拜黑茜所賜。她命人製造假證據和金流，栽贓謝澤芳收受賄賂，身為其特助的謝振華不免也受牽連。現在他自己也跟著謝澤芳鋃鐺入獄。

然而，百足之蟲，死而不僵。謝振華認為，只要謝澤芳有機會出獄，一定還能東山再起。所以在教唆殺人案一審判決出爐後，同在看守所內的謝振華就想盡辦法、尋覓時機，想親自與謝澤芳商討對策。

他在舍房中聽聞，謝澤芳精神狀況在收押後丕變，彷彿成了一具無意識的喪屍。大小便失禁不說，醒來不是吃，就是到處找東西吃，連牆縫裡鑽出來的蟑螂都不放過！

所內醫生檢查時，發現謝澤芳的視力竟在短時間內無故消退到嚴重弱視程度，幾乎可以說是快瞎了。對外界的感知主要都依賴聽覺和嗅覺。

其實這與他被黑白無常勾去魂神有關。人若失去魂神，魄形也會逐漸消散，七竅便猶如少了生命泉源，空有質而無能。眼睛又是靈魂之窗，自然首當其衝，最先失去觀視之能。

不知這段曲折的謝振華心想：看來老闆這次也是拚了，為了能爭取到精神鑑定的機會，簡直無所不用其極。不過演戲歸演戲，他的視力又是怎麼騙過醫生的？

經過四處打聽和動用關係調整舍房，謝振華終於有機會與謝澤芳在同時段、同餐廳內用餐。

他遠遠就看到謝澤芳蹲在地上用手扒飯，搞得滿地都是飯菜殘渣。經過的羈押被告或受刑人不是皺眉碎嘴，便是破口大罵。要不是有管理員在場，早就拳腳相向了。

謝振華還沒走到謝澤芳跟前，就先聞到那令人作嘔的屎尿味和汗臭味，瞬間就感到胃裡一陣翻騰。他吞了吞口水，盡量小口呼吸，走到謝澤芳旁邊蹲下。

「你也不用演得這麼賣力吧？這裡外人又看不到……」謝振華低聲說道。

蓬頭垢面的謝澤芳也不搭理他，仍自顧自地啃著雞骨頭，啃得喀喀作響，嘴巴都被碎骨劃破流血，卻渾然不覺。

謝振華見謝澤芳吃得滿嘴都是血，立即勸他適可而止，別演戲演到走火入魔、傷到自己。見他沒半點反應，乾脆出手將那啃剩的雞骨搶過來。

「別吃了！你不，」謝振華話才說到一半，就發出淒厲的慘叫，「啊——」

他怎麼都沒想到，謝澤芳會張嘴撲向自己，硬生生咬下他半邊臉頰，津津有味地咀嚼起他的皮肉！

臉上血流如注，出於求生本能，他用盡最後一股力氣奮力一把推開謝澤芳，便登時痛得暈死過去。

現場所有看見這駭人一幕的人，無不嚇得呆若木雞，管理員吹著哨子、舉起警棍就要衝過來。

「呃、呃……」滿下巴都是血的謝澤芳，突然因噎住而喘不過氣。他面目猙獰、雙手掐著喉嚨，全身抖動了起來。眼睛暴凸的剎那，便倒地不起，死不瞑目。

＊＊＊

謝澤芳之死使得朝野震動、舉國譁然。看守所為了自清，立即出示他在餐廳用餐時，監視器拍下的畫面。其死因也相當駭人，是被雞骨頭和人肉給噎死的！

被告謝澤芳一死，即刑事訴訟主體消失，受賄案也不被地方法院受理。而教唆殺人罪則依一審地方法院判決結果，全案正式宣佈終結。

「陳府滅門斷頭案」的翻案、「陳氏孤兒院屠殺案」的揭發，以及其他五項教唆殺人案的判決結果，影響極為深遠。

在檢調的重啟調查下，連帶的「陳若梅冤死案」和「孫楊通匪叛國案」都一舉獲得平反。不少人在網路上評論說，這些遲來的正義是季青島司法史上，最對得起受害者「家屬」的一天；如果這些受害者還沒絕後的話。

審理這幾宗訴訟的法官與檢調、警方甚至還接受沈總統的公開表揚。法官更被取綽號叫包大人或青天大老爺。

不過最風光的，莫過於外型陽剛帥氣的楊志剛。在他自戀了好幾年之後，終於獲得大眾肯定，收割「警界第一帥」的封號。

***

志剛接到路易的電話，說是已經幫他把撞毀的車從老梅村拖吊出來。由於車上可能還有些私人物品，所以暫時替他送到修車廠，請其代為保管。接下來要怎麼處置，就看志剛的意思了。

志剛這才終於想起他那台愛車。這段時間都在忙著查案，去哪都是開警車，早就把自己的車給拋到腦後了。現在聽路易這麼說，不論是要報銷還是修理，他都心如刀割。

心痛歸心痛，但對於早已跟著黑茜回瑞士的路易，能記得這件事，並如此貼心安排，志剛還是滿感動的。趁最近繁重的案量到一個段落，他連忙請假去修車廠。

＊＊＊

當志剛一臉痛失至親地詢問修車費用時，修車廠老闆驚訝地反問他一句：「車都撞成這樣了，你還要啊？」

「你先說到底要多少錢？我這車分期付款都還沒繳完，當然能修盡量修啊。」志剛哀怨地說。

「不是啊，你朋友留了一台車給你，你要不要先看一下？」老闆說道。

「朋友？」志剛吃驚地問道，「路易？」

「不是耶，」老闆偏著頭思索，「好像是什麼『黑』，還是『黑』什麼的。」

老闆領著志剛走到最角落一台被隔熱罩給蓋起的車旁，掀開遮罩，底下居然是一台保時捷911！

志剛震驚到說不出話來，眼睛瞪得老大，好像隨時會掉下來似地。他還以為自己這輩子都跟跑車無緣，沒想到今天居然從天上掉下來一台保時捷！而且還是看起來悶騷又兇狠如狼的消光黑！

「怎麼樣？這台小青蛙你要嗎？」老闆笑問。

「要要要！我們上輩子就是夫妻！」志剛伸展雙臂撲上引擎蓋，「老婆，我找妳找得好苦！」

接著他一個翻身躺在引擎蓋上，打給路易，口氣是掩藏不住的得意：「喂，你老闆該不會暗戀我吧？你知道她送我什麼車嗎？」

「沒什麼好說嘴的吧。」路易彷彿是想暗示自己在黑茜的心中地位比較高，說道，「她去年送我的生日禮物是瑪莎拉蒂 GranCabrio。」

「幹，炫耀個屁！」志剛立刻掛掉電話，一時也忘了原本打給路易是要向他和黑茜道謝的。

＊＊＊

陰間雙城內與百官萬吏間口耳盛傳，此番潔弟一行人出生入死、折騰了半天，還真使得當年諸多冤案獲得平反，案情真相得以水落石出。眾魂津津樂道的同時，不少枉死城亡者還自嘲說自己死太早，來不及趕上陽間正義的潮流。

陰間森羅大殿深處，紫袍掌奏判官諫言：「水至清則無魚，人至察則無徒。還望大王舉大德，赦小過啊。」

閻羅王明白其意，不自覺輕撫頂冠。

王冕本身不只是君王的象徵，其中更飽含治理之道。譬如，之所以面前有珠簾蔽目、耳旁有黈纊充耳，就是時刻在提醒君王：明有所不見，聰有所不聞。大奸大惡絕不輕饒，小錯小過則當睜一隻眼、閉一隻眼。否則，人誰無過？若每件過錯都追究，這世上又有誰能不下地獄？

「既然如此，」閻羅王道，「本王應信守諾言，不再追究這王亦潔的罪責。然功過不可相抵，陰陽司判官和兵部判官……」

藍袍判官和紅袍判官原本還為潔弟欣喜不已，接著聽到閻羅王喊到自己，立即互瞥一眼，繃起神經以待。

「唉……」閻羅王輕嘆一聲，言語中流露萬分惋惜之意，「在職掌交接後，即革去功名與善終城戶籍，發往輪迴轉世。」

藍袍判官鬆了一大口氣，神情如釋重負。祂拱手鞠躬道：「謝大王！」

紅袍判官則激動的登時眼眶一紅，硬是握緊拳、抿著嘴不讓眼淚掉下來。

按陰間律例，祂與藍袍陰陽司判官原應發落紅蓮地獄，身體永世受寒冰凍裂之苦。先前大王僅判祂們下孤獨地獄不到百年，祂們已是萬分感激，不敢再奢求什麼。沒想到大王現在只是除去祂們的功名！

表面上，摘下祂們的烏紗帽是懲罰，但其實祂們心知肚明，大王是要成全祂倆的心願；與祂們即將投胎的妻子們再續前緣。

若梅曾因潔弟誤闖禁丘而見過祂，知道其為陰陽司判官，便恭敬地說：「有勞大人。」

＊＊＊

越過鮮紅如血的彼岸花海，若梅一踏上黃泉路，便瞧見左邊走來一老一少。那老者身穿破舊袈裟，頭髮花白、慈眉善目，卻又不失莊嚴。那少年打著赤腳，雖著粗糙衣褲，戴著金絲眼鏡的眉宇間卻流露一股斯文書卷氣。

初時若梅還不敢相信自己眼前所見，以為對方又是個鬼差。待那兩位來到近處，祂發現少年的衣著不似官差，那早已剩下灰燼的心坎再次燃起一絲希望。

「去吧，若梅。祂就是祢一直在找的人。」藍袍判官鼓勵道。

「什麼？真的？」若梅一時反應不過來。

幾十年來不斷祈求、不斷受挫，不斷在黑夜中鼓舞自己振作。而今，祂的心願終於在此刻實現了！

這一刻來得太突然，強烈的喜悅令祂傻傻愣了好一會，回過神來，才注意到愛人正朝自己飛奔而來。

「若梅——」世芳跑得鏡框都掉了。但祂不在乎，祂朝思暮想的人終於出現在祂眼前了！

黃泉路上，若梅投進世芳的懷裡，登時相擁而泣。

「世芳啊，我終於見到祢了！我終於見到祢了！」

一旁的老師父德卿呵呵笑道：「很好、很好。」

雖然祂這輩子無法圓滿一段感情，但能見到愛侶重逢，也為其感到開心。

「德卿啊。」一個許久未聞的聲音傳來。

「啊！」德卿心弦一震，立即抬頭。

只見一位鬢髮花白、身穿白西裝的男人從一朵飛快朝祂們飄來的彩雲上跳下來。祂雖白髮蒼蒼，但劍眉星目、英姿颯爽，宛若壯年。

祂對德卿開懷一笑，說道：「哈哈哈祢可總算來了！少了個徒弟整天在我耳邊念經怪寂寞的。」

「師父！」德卿又驚又喜，「祢怎麼會在這？不是羽化成仙了嗎？」

「祢還說我啊？祢自己不該也成佛啦？還不都是動了凡心、斷不了俗念？」陳山河糗了糗徒弟。

接著瀟灑地說：「我告訴祢啊，天地間除了我家阿梅以外，就沒一樣東西我看得上眼！乾脆放棄投胎，跟祢師母一起住善終城，省得轉世之後又要分開，我還得千山萬水地去找。光想都覺得麻煩！反正修行哪都可以修嘛。成不成仙無所謂啦！」

淚眼婆娑的若梅，從世芳懷裡瞥見了陳山河。眨了眨眼睛，難以置信地說：「爸？」

「懷疑啊？哼，有了愛人就沒了爹！抱祂抱了那麼久才看到我！」陳山河氣嘟嘟地說。

「爸爸！」若梅立即張開雙臂，撲向陳山河。想起生前諸多辛酸委屈，忍不住又是嚎啕大哭、淚如雨下。

「不哭、不哭啊。唉我的心肝寶貝，祢該有多苦啊。」陳山河輕輕拍著祂的背，就像小時候哄祂睡覺那樣，「爸爸我可太想祢們啦！可惜我命犯孤星，中間又發生了許多事，害得我沒辦法去找祢……」

「對了！」德卿突然想道，「師父祢既然跟我一樣命犯孤星，當初怎麼還結婚生子啊？」接著為陳府一家抱屈，「是不是沒忍住啊？唉唉造孽啊！」

「孽祢個大頭鬼啊！」老道怒道，「還不都祢師尊嗎！我命帶孤煞也不早點講，小孩都生了五個才上門告訴我！講又講得那麼含糊，我替祂收屍的時候才終於想通啊！」

老道餘怒未消地指著賴世芳喝道：「還有祢！既然來到了這，祢怎麼說也得在我和若梅祂媽眼皮子底下娶若梅！明媒正娶！」

「叔叔，祢是說真的嗎？」賴世芳喜出望外，「祢真願意把若梅嫁給我？我真能跟若梅在一起？」

「廢話！我吃飽了太閒，跟祢瞎扯淡啊！」老道回道。

「媽媽……媽媽會同意嗎？」若梅憂心地問道。

「唉，我什麼都好、什麼都好。只要祢開心啊。」王冬梅氣喘吁吁地追了過來。免不了罵幾句陳山河，「祢這死鬼，乘著雲就自己飛來！怎麼就不能等我一下？」

「不行、不行，」陳山河擺手拒絕，「等祢化妝打扮好，人家早就投胎去啦。」

「媽……」若梅淚眼汪汪地抓著冬梅的雙手。

母女連心，王冬梅一見女兒淚漣漣，心裡也跟著難受懊悔：「乖女兒啊，都是媽媽不好。我這個臭脾氣，害祢吃了那麼多苦……」說著說著，冬梅自己也淚如雨下，「我、我好後悔啊……」

「別別別，祢可千萬別哭啊！」陳山河手忙腳亂地說，「祢一哭我就頭昏腦脹、手腳發軟！千萬別哭！」

德卿呵呵笑道，見師父、師母感情如此融洽，心裡也很是高興。

＊＊＊

站在藍袍判官旁邊的橙袍賞善司判官，原本只是路過黃泉路，看到這些亡者團聚的一幕，感情豐富的祂也跟著眼淚直流。

「嗚……我也想我爹娘……人在這世上走一遭，」橙袍判官激動地鼻涕都給噴出來了，「當真不容易啊……」

藍袍判官拍了拍祂的肩，取笑道：「我說祢啊，都當差當了那麼久，怎麼還這麼激動？一輩子，不過一場夢而已，何須留念掛懷？」

「說得輕巧，」橙袍判官抹抹鼻涕眼淚，回嘴道，「那祢還在這當差做啥？還不都為了庇蔭子孫？」

這番話說得藍袍判官啞口無言，只好抱拳笑道：「受教、受教了。」

這時，九泉之上突然綻放百發絢爛的煙花，將幽藍深邃的蒼穹點綴得五彩繽紛。

為了慶祝閻羅王大赦九泉，禮部不僅準備了萬千枚煙花，連空中十殿宮闕、地府樓閣與善終、枉死兩城都張燈結綵，陰間霎時顯得繁華喜慶。不論官差、居民還是過客，都感受到這股歡樂的氣氛，不少鬼差和善終城民還特地跑到彼岸花海上佇足觀賞。

「看哪，滿天的煙花！」橙袍判官興奮地說，「美極了！」

藍袍判官有那麼剎那想起那年的除夕夜，那一切悲劇的起點。隨即祂搖搖頭，心想：那些，都是很久以前的事了。

祂淡然微笑，釋懷地抬頭欣賞璀璨的煙花，回橙袍判官道：「是啊，這裡好久沒這麼熱鬧了！」

＊＊＊

潔弟在吳常的套房客廳裡，邊吃牛肉麵邊看晚間新聞。

電視上，女主播正在播報前副總統謝澤芳的後事，不少政壇商界大老皆出席告別式，送他最後一程。

「哼，」潔弟坐在沙發上，以筷子怒戳幾下湯碗裡的牛肉片，忿忿不平地說，「幹嘛一直播他啊？像他那種人有什麼好哀悼的啊。怎麼就沒人同情若梅和世芳啊！」

志剛和小智費了九牛二虎之力，才終於找到若梅的骨灰罈。一想到，若梅和世芳在隔了幾十年後，才有機會合葬，她心裡就悶。

「人家志剛一家多可憐啊！一家三代花了多少年、多少力氣，連命都賠上去了！到最近才終於把謝王八給送進牢裡！結果他才收押沒幾天、還沒坐到牢，就嗑死了！」她越說越氣，大喊一聲，「真是沒天理！」

「是嗎？不然妳認為天理是什麼？」吳常反問她。

他坐在沙發的另一頭，檢查待會魔術表演要用的道具，是個紅外線感應的機器白鴿。

「我喔？呃……」她一時語塞，不知道要說什麼。

「妳先是遇到了志剛和我，又在陰間遇到兩位大判官願意出手幫忙。這一連串的際遇，難道不是運氣？也許冥冥之中，也有股力量在幫助我們破案。我認為這股力量，就是天理。」

「喔，好像有道理耶。」她搔搔頭，「可是這麼拐彎抹角的，多麻煩啊。應該要有個大英雄跳出來一口氣把問題都解決才對嘛！」

「妳不認為自己是英雄嗎？」

「啊？我？」

吳常看了她一眼，露出極為英俊迷人的微笑，說道：「我該下樓了。」說完便拿著機器鴿，起身往門口走去，留下潔弟目眩神迷地望著他的背影。

接著想到什麼，她猛回神，叫住他：「喂，等等我啦！」

她追到走廊上，大聲問他：「照你這麼說，我在你眼裡是英雄囉？」

「我可沒那麼說。」吳常俊臉一紅，感到一絲害羞，邁開步伐，加快速度往電梯移動。

「你明明就是這個意思！你是不是私底下很崇拜我？」她追著他跑到電梯廳。

「黑猩猩不在英雄的定義範圍內。」他說。

電梯一來，吳常一個閃身進入電梯，反常地先按關門鈕，再按樓層鈕。

「少來！」潔弟不依不撓地問道，「你幹嘛不承認啊？你說嘛、說嘛，我在你心中很厲害，對不對？」

「吵死了。」吳常的聲音在電梯關門前半秒傳出來。

＊＊＊

半年後，金山一處墓園裡，演奏著響亮卻和諧的軍樂。

楊正和孫無忌的骨灰終於得以遷葬至警察公墓。

由於身分關係，潔弟與吳常不便進入墓園，於是站在不遠處的高崗上觀禮。

在全國媒體的直播下，警政署署長領著同仁，帶頭向楊正檢察官和孫無忌警官的墓碑致敬。其中，以家屬身分站在署長斜後方的志剛和孫無忌後人，也頂著梅月寒風，於墳前舉三指敬禮。

剎那間，四季如春的季青島天空竟緩緩飄下白雪。好像老天都在為這些故人沉冤得雪而感動。

潔弟想，她永遠都不會忘記這年的冬天有多冷。

但是心很熱。心還是熱著的。

也許它終將冷卻，但在那之前，她希望自己還能同楊正、孫無忌，以及所有追尋正義的先人一樣，曾經發光、曾經照亮這片土地。

「這些人，」她哽咽道，「祂們在九泉之下，也能夠安息了吧？」

吳常拉起小提琴演奏著驪歌《Auld Lang Syne》，用自己的方式向兩人告別。

琴聲悠揚，迴盪山谷，餘音久久不散……

"Should old acquaintance be forgot, and never brought to mind？

（怎能忘記故人，心中不再懷想？）

Should old acquaintance be forgot, and auld lang syne…"

（怎能忘記故人，那些逝去的時光……）

＊＊＊

陰間望鄉台上，終年望向陽間的小差——楊玄白，此刻心裡也是萬分感動。祂既為爸爸楊正開心，又為兒子楊志剛感到驕傲。

楊玄白看向自己無緣相見的弟弟，隔空喃喃說道：「恆白啊，人家都說千里姻緣一線牽。哥哥祝福你跟王小姐白頭偕老、一生平安。」

＊＊＊

九泉之上，懸空樓閣中的一座涼亭裡，藍袍和紅袍判官震驚萬分地看著生死簿中，屬於潔弟的頁面。

她的將來，全都成了一片空白！

「真是曠世之材啊。」藍袍判官大嘆，「但凡命運坎坷之人，多半乃命格奇異。」

「奇了！真是奇了！我在這當差這麼久，還真沒聽說過這種怪事！」紅袍判官話鋒一轉，「阿正，這麼說來，她是真的完成宿願，跳脫輪迴啦？」

「沒錯。」藍袍判官臉上滿是欣慰之情，「無忌，從此天地之間，再也沒有人知道她的命運了。」

青山依舊在，幾度夕陽紅。
天理昭循環，正氣永長流。

——《老梅謠》系列完——

PS. 先別闔上書！後面還有與下一季長篇玄幻冒險故事《璇璣謎藏》有關的〈彩蛋〉、〈後記〉和〈私房筆記〉喔！

▼欲知潔弟、吳常、楊志剛相遇故事請見前傳《金沙渡假村謀殺案》。

▼欲知老師父葉德卿與潔弟奶奶許忘憂的故事，請見外傳《佛殺》。

▼▼▼更多熱門故事與最新消息請關注：

Facebook | Instagram | Threads：@flothedixit 芙蘿午夜說書人 Flo The Dixit

享天倫之樂。

＊＊＊

金沙渡假村內，一座佔地不大，設備卻先進完備的私人機場上，一架白底帶黑色流線的私人飛機正緩緩降下登機梯。

黑茜和吳常的行李早早就已置艙，兩人方才在候機室只是在等待起飛前的例行性檢查。現在檢查完畢，可以登機了。

潔弟原本以為今天只有她一個人要來送機。沒想到扛著大包小包來到機場，卻看見廖管家和翹班跑來送機的痞子志剛。他們兩個老神在在地跟黑茜和吳常走出候機室，看起來應該是早早就來話別了。

志剛一看到潔弟就調侃：「喲，小妞，妳這個時候來，是來幫忙收登機梯的啊？」

「關你屁事啊！」潔弟瞪他一眼，再將手上一堆名產全交給吳常，「這些給你！」

吳常皺眉看了一下這幾個大袋子，視線掃到黑色長型布包時，眼睛突然為之一亮：「瑤鏡劍？」

他將黑布打開來，鏽跡斑斑的劍身隨即出現在陽光底下。果然如他所料！

「對啊，」潔弟邊伸展一下緊繃發痠的手臂，邊回說，「瑤鏡劍對你一見鍾情，在老梅村的時候就改認你當主人，還跟著你一起殉情。我想還是交給你保管吧。啊對了，你將來要用的時候，還是要再用血開封一次就是了。」

就在這一刻，沉睡的瑤鏡劍竟突然閃了一下金光，像在對吳常拋媚眼似地，令她哭笑不得。

志剛好奇湊過來，看一眼便嫌棄地說：「呿，這算什麼？破銅爛鐵？」他吊兒郎當地甩了甩車鑰匙，「還是我的跑車好！」

「不識貨！」潔弟鄙視地看著他。

「以後祢就跟著我吧。」吳常溫柔地對瑤鏡劍說。

瑤鏡劍又閃了一下金光，像是在回應似的。

「哇靠，」志剛跳開，「怎麼那麼邪門啊！」

「再見。」吳常對她說完，轉身就要登機。

「喂！」潔弟當下真覺得自己快被他氣死，立即上前擋住他的去路，「你這個人怎麼這樣啊！我千里迢迢買了一大堆吃的給你，你至少也要跟我說聲謝謝吧！」

吳常錯愕地盯著她兩秒，才開口說道：「謝謝。」

「還有呢？你就沒話對我說嗎？」潔弟叉腰問道。

「沒有。」吳常一臉無辜。

「什麼沒有！」她一聽腦子都炸開了，怕他就這麼一去不回，馬上逼問道，「到底要選黑茜還是怎麼樣？你上飛機之前，一定要把話說清楚！」
「哎，小妞妳很扯耶，妳到現在還不知道黑茜是吳常的誰嗎？」志剛說。
「不就前女友嗎？你不會收了人家的車，就站在她那邊了吧？」
「我們臉長得這麼像，難道你看不出我們有血緣關係？」吳常納悶道。
「哪裡像啊？」潔弟與黑茜齊聲說道。不過前者是出於詫異，後者是出於納悶。
志剛比了比眼睛，示意吳常情緒激動時的瞳色與黑茜的藍紫瞳一模一樣。
潔弟懶得去猜志剛的手勢是什麼意思，追問吳常說：「血緣關係？所以到底是什麼關係？」
「姊弟啦！唉，沒想到我在妳心中是個見錢眼開的人。」志剛裝作痛心疾首的樣子，「我真的是很心痛！很失望！」
「姊弟！所以只是不同姓嗎？」潔弟腦子自動忽略志剛後面一長串廢話，轉頭對吳常說，「那、那你說……」
她躊躇了一、兩秒，終於鼓起勇氣，開口問道：「你覺得我怎麼樣？可以當你女朋友嗎？」
「不是已經是穩定的關係了嗎？」吳常一臉困惑。
「已經！」潔弟睜大眼睛，驚喜地說，「那你也不早說！我都不知道！你怎麼都不表示點什麼？」

「表示？妳是說結婚嗎？也是可以。」吳常理所當然地說。

早在他得知潔弟為了救他，義無反顧地自盡進入混沌七域找他的那一刻，他便已深受感動。感動之餘，腦中還萌生一個念頭：如果今天情況顛倒過來，他也會毫不猶豫地這麼做！

這麼一想，他才意識到自己不僅僅只是愛上了潔弟，而是愛到深入骨髓。所以不論他們現在和未來是彼此的什麼身分，他都已認定她為此生唯一所愛。

「結婚！是不是真的啊？那我怎麼知道你是不是唬爛我？要不然你送我個戒指怎麼樣？一、兩百塊的也好啊！」

「我從以前就覺得奇怪，結不結婚、愛不愛一個人，跟戒指有什麼關係？」

「那是定情信物好不好！通常都要很稀有的、很貴重的，才顯得有誠意！我是看你要上飛機了，這裡能買到一個戒指就偷笑了，才勉為其難這麼說的。」她見機不可失，便誆他說，「按照傳統啊，戒指都是要送鑽戒或是純金的！」

「為什麼？如果大家都是送鑽戒或金戒，那不就都一樣了嗎？哪裡還稀有了？而且鑽石和黃金本身並不稀有，也不實用啊。」吳常居然接著說，「不如送妳惰性氣體吧！」

「啊？」她聽了當場傻眼。

吳常完全沒察覺她的錯愕，又說：「惰性氣體又叫『稀有』氣體和『貴重』氣體。這不就是妳要的嗎？而且氦氣可以拿來幫氣球打氣、還可以變聲。氖氣可以做霓虹燈。還有很多用途、很實用的。我表演魔術的時候常會用到它們。」

他越講越起勁，講得滔滔不絕、沒完沒了。

為什麼我剛才要說稀有、貴重呢？潔弟後悔萬分地想。

一旁的志剛問黑茜會不會干涉吳常和潔弟在一起。潔弟立刻豎起耳朵偷聽。

黑茜一臉漠然：「只要他喜歡，就算他娶後宮三千隻豬，我都不會有意見。」

「人獸啊！看不出來妳口味這麼重！」志剛訕笑道。

「是非輕重都是比較出來的。我的標準就是吳常。如果這個世界的價值觀跟他不一樣，那一定是這個世界錯了。」

「真的假的啊？」志剛又強調了一次，「豬耶？」

「反正丟的也是吳家的臉，又不是黑家的。」

志剛痞痞一笑，轉移話題：「對了，我聽說妳不只是買下陳小環的土地和地上建物所有權，連整個老梅村都買下了？」

「對。」

「我記得你們黑家有句名言：『黑家從不做賠本生意。』你將來打算拿那塊地做什麼？」

她冷睨志剛一眼，只回道：「你不需要知道。」

志剛撇撇嘴、聳聳肩道：「不說就不說。小氣鬼！」

此時，空中突然有隻小黑隼朝吳常疾速飛來！

潔弟尖叫閃開的同時，吳常卻處變不驚地順勢伸手讓祂停在臂上。

黑隼頭一偏，金黃色的銳利雙眼仔細地打量著他的臉。倏地點了點頭，仰首鳴叫了一聲。

一個皮膚黝黑，身穿黑色無袖背心、七分牛仔褲的彪形大漢不顧地勤、警衛的阻攔，朝他們衝了過來。他身高與小智差不多，都一百九十公分出頭，身形卻更加魁梧，跑起步來都像坦克車輾壓過來一樣！

「喂，就是你！」他指著吳常，中氣十足地喊道。後面還有說些什麼，但距離太遠，大家都聽不太清楚。

距離他較近的警衛一個箭步，打算將他攔下。

「不要囉唆啦！」他手隨性一揮，竟把警衛給打飛了出去！

「啊對不起啦！」他連忙又把人扶起來，說道，「我有重要的事，你別攔我啦！」他說話帶有濃厚可愛的山地口音，在場眾人一聽就知道他是原住民。

小黑隼立即振翅又飛到他肩上，朝警衛「嘰嘎嘰嘎」亂叫，像是在威嚇一般。

吳常見他似乎是小黑隼的主人，便示意警衛都退下。

那大漢看來性情隨和爽朗，朝吳常說聲：「嘿謝啦！喂，我問你，你是璇璣吳的子孫？」

吳常原本沒打算搭理他，但當他留意到黑茜倒抽一口氣，立即心念一轉，對那大漢說：「對，你是？」

「我是庫卡。塔瑪拉的後人！」他隨即又抱怨道，「我們等你等了好久，怎麼都沒來？

是不是找不到我們啊？」

潔弟跟志剛、廖管家三人面面相覷，都不知道他們到底在說什麼。

「你們？」吳常又問。

「我在這！」上官凌手拿羅盤，從虎背熊腰的庫卡身後探出頭來。

「阿凌！」潔弟驚道，「該不會那時候老師父說的『有緣』，什麼『時機』的，就是——」

「聽不懂、聽不懂啦！」庫卡揮揮手打斷潔弟的話，對吳常兇巴巴地說，「喂！你身為吳家後人，身負使命，怎麼可以在這個時候落跑咧！」

「什麼啊？」潔弟越聽越茫然。

「妳別插嘴，」志剛對潔弟說，「我等著看好戲咧！」

他很不要臉把她送給吳常的袋子翻開，毫不客氣地吃起大腸包小腸來。

「看什麼好戲啊！我都沒心情喝酒唱歌啦！」庫卡暴跳如雷地說。

「你提到我祖輩，又提到使命，到底指的是什麼？」吳常冷靜地說。

「不會吧？」庫卡瞪大牛鈴般的大眼，「你你你不知道你們吳家的使命？瞎耶！我跟你說啦，簡單來說就是——」

「閉嘴！」黑茜喝止庫卡。她的臉色居然緊張到發白。

她轉頭對吳常說：「不管是什麼使命，都跟你沒有關係！你已經不是季青人了！」

「到底是什麼啊……好好奇喔……」潔弟小小聲地說。
沒想到上官凌耳朵很靈，這樣都聽得到她講話。
他呵呵一笑，不疾不徐地對她說：「其實說起來也很單純。就是火山要爆發了，如果不想全島覆滅的話，吳家跟我們上官家、塔瑪拉家就得攜手完成家族使命，才能及時開啟火山岩漿的引流道到海底，降低災難影響的規模。」
「什麼！」潔弟驚訝地叫道，「這不會是真的吧！」她瞬間想起在陰間時，老道與閻羅王有過一番祕密對話。
難道他們那時講的悄悄話就是這件事？
志剛下巴立即垮了下來，嘴裡那口大腸包小腸也「啪嗒」一聲落地。
眼見隱瞞多年的祕密最後還是被吳常知曉，黑茜無力地閉上眼，深深嘆了口氣。
吳常注意到黑茜的表情，立刻意識到她早已知道季青島火山即將爆發，所以才不停催促他跟著她一起回瑞士。
「哭夭啊，」志剛露出欲哭無淚的臉，「這是什麼鬼島啊！我才剛拿到跑車耶！」
而吳常嘴角一勾，炯炯有神的雙眼再次轉為藍紫色，閃爍瘋狂而危險的火焰。他興奮地說：「有趣！真是太有趣了！」

後記

一切都要從一個古怪的夢說起。

每個人心中應該都有件難以忘懷的事吧？

玄就玄在，這件事情可大可小，很可能在當時是件稀鬆平常的事，但在事情發生的當下，心裡頭或多或少就知道，自己會記得這件事很久很久。

也許是國小老師打的一下掌心，也許是與暗戀的人不經意眼神交會的一刻，也許是放學哼著歌走回家的一天，也許是媽媽隨手做的一碗蛋花湯。

又也許，只是一場夢。

我是一個很常做夢的人，醒來還會記得夢裡發生的事。（我後來常常會把夢境筆記下來，所以總有很多題材可以寫哈哈。）

好幾年前，我曾經做過一個夢。很長很長的夢。在夢裡活了一輩子。不過，不如莊生夢蝶那般美好自在，我夢裡過的那一生非常慘。

我，就是小環。

夢裡，時空背景還是白色恐怖時期，我是大戶人家的私生女。明明就已經是現代社會了，結果我還像古代女子一樣從小到大被當作丫鬟使喚，手掌上都是粗繭和凍瘡，吃了很多很多的苦，還被捲入豪門恩怨。

後來陳府被滅門的時候，我被叫去鎮上買鞭炮而僥倖逃過一劫。可是，對我最好的大小姐若梅卻被抓去做替代羔羊，被槍斃了！

大概是夢太長、太真，醒來之後，淚流滿面的我，有種恍如隔世的感覺。

儘管我並不知道自己前世是否就是小環，還是是小環託夢給我，又或者這單純只是一場夢。

但無論如何，感受到窗外陽光的那一刻，我就決定：這輩子無論如何都得把這個夢寫出來。我一定要為若梅還有那些冤死的人討回公道！

《老梅謠》就此孕育而生。

然而，我當時只是一個普通上班族。因為工作原因，下班也要花很多時間念書進修、考證照，沒有太多閒暇時間看劇看書，更遑論寫書了。平常根本沒有寫文習慣的我，根本不知道該如何動筆。所以前面摸索練習了好久，又翻查了一些白恐時期的相關書籍，才終於開始動筆寫《老梅謠》。

結果一下筆就遇到難題了。夢裡的景象完全是以小環的第一人稱視角進行。很多時候她都不在場，很多事情她都不知道。例如，滅門案發生時，她根本不在家。命案調查期間，她也沒有機會得知案情。所以我也不知道滅門案具體是如何發生的。

於是我參考了一九八五年「澳門八仙飯店滅門案」，來虛構事發當晚的過程。只不過謎團和詭計都是我自己原創的。

時光匆匆，猶記得寫完卷一初稿的冬日清晨，台北下雪了。

多不可思議啊，終年長青的陽明山，竟也會為雪白頭。

古人說，冬天下雪是好兆頭；瑞雪兆豐年。而我第一個想到的卻是「沉冤得雪」。同樣也是好兆頭。所以我將台北下雪一景寫入第四集的劇情中。

曾經，夢裡面那種深深的無能為力，以及許許多多的遺憾和痛苦，終於在文字裡得到另一種結局。不知不覺竟也寫了四十幾萬字。寫完以後，真的有種「心願已了」的感覺。

但願這世上再無冤屈，但願這世上再無懸案。但願我們歷經風霜，依舊心懷浩然正氣！

＊＊＊

寫完初稿以後，出版又是一個大難關。

當年初版投稿失敗後，我決定自行募資出版。感謝許多貴人讀友，願意相信我這個素人，助我募資成功、獨立出版。

這幾年在政府與各界的支持下，台灣書市是寒冬見暖。儘管如此，像我這種不知名的小小作者，要出到兩集以上的作品還是很難很難。感謝【秀威資訊。釀出版】扛著莫大的壓力出版《老梅謠》全新增修版的四部曲，我愛秀威♡

去年《老梅謠》出新版第一、二集時，電子書都是一上架就被人刷一星。儘管我至今都想不通為何會如此，但多虧了各位讀友，評價才慢慢往上爬。真的非常感謝你們啊！♡♡♡

我的小宇宙裡有好幾扇門，每扇門都通往不同的故事宇宙。

隔了八年，為了增修《老梅謠》正傳內容和新增彩蛋，我再次推開了通往《老梅謠》的門。結果故事裡的世界都沒變，角色們也都還在！

他們回頭看到我時，

潔弟笑道：「妳終於回來了！」邊說邊衝過來給我一個熱情擁抱。

吳常無聲地點頭致意，黑茜翻了翻白眼。

楊志剛對我揮手，喊道：「慢死了，到底跑去哪鬼混啦？」說完露出一抹痞笑。

上官凌露出一抹憨笑，說：「我們終於可以出發了嗎？」

庫卡叉腰大喊：「快點！就等妳一個了！」

我感動得熱淚盈眶，笑回：「久等啦！我們出發吧！」

所以，是的，我要來寫第二季《璇璣謎藏》啦！拉炮撒花！♡

喜歡《鬼吹燈》這類懸疑冒險小說的讀友們，別錯過這部呀～

期待能盡快與你們一同展開冒險♡

芙蘿的私房筆記

※滅門案的夢

如後記所提，我不知道自己前世是否就是小環，還是是小環託夢給我，又或者這單純只是一場夢。由於夢境實在太真實了，所以夢醒之後，我還是嘗試各方尋找，希望能找到這起案件。

然而我苦尋多年就是找不到，內心因而百感交集。一方面因自己很遜而失落，一方面又慶幸現實中沒有這麼慘絕人寰的事。目前只能猜測這樁冤案大概是平行時空的台灣吧？

我決定將夢中的關鍵線索寫出來：

1. 大戶人家於自家的四合院內被滅門，倖存的女兒被當作替代羔羊被槍斃（即小說中的陳若梅）；一個小女傭被刻意留活口，安排做為目擊證人（即小說中的陳小環）。

2. 假設我是被託夢的。那麼暫稱託夢給我的亡魂是「小環」。她對於案情了解得很少。從頭到尾都是她把她的視角看到的片段畫面傳給我，而且很多都快轉或跳轉，所以與案情有關的資訊量不多。不知道案發日期、案發地點，不知道這戶人家姓什麼，也不知道陳小環和陳若梅的真實姓名，還有承辦案件的檢察官和警察的姓名。她不知道真正兇手是誰，只是不認為陳若梅會殺人。

3. 夢中的滅門案結案後，小環的視線突然一黑，然後我就醒來了。我懷疑她也被滅口了。

※「混沌七域」的概念

人生最大的冒險是什麼？我覺得是「去內心」。

我希望《老梅謠》不單單只是靈異刑偵，也能探討人心的光明與黑暗。但是我該如何剖析深邃又幽微的人心（或人性）呢？

思來想去，我決定在第三集加入「混沌七域」這個嶄新概念，將那些幽微晦暗的東西「顯化」。所以這集最腦洞大開，也是我個人最喜愛的一集。

曾有些讀友問過我「混沌七域」這個概念是從哪裡看到、哪裡引用的。

這個問題真的是超失禮的耶！能不能對我們台灣本土作家、女性作家多一點信心？

這是我本人百分之百原創的喔！

大學學到一點點熱力學基礎知識——「熵」時，我就想像那些無法做功的「餘熱」在量子世界裡可以是什麼樣的存在（就是量子熱力學的範疇啦）。胡思亂想了一通後，就這麼構思出了「混沌」這個概念。

古代神話中，「混沌」是一種無頭無尾的神獸，後來漫威電影《尚氣》裡也有出現。而我大學時的構想是：「混沌」或許是人死後進入的某種陰陽過渡地帶，靈魂會在裡面待七日後才出來，所以才有「頭七」一說。

儘管當時我只是上課做做白日夢而已，但「混沌」這個點子已然在我心中成形，多年後仍然無比清晰。所以在後來寫《老梅謠》時，就很自然地把「混沌」的概念寫進故事裡。並且思索著：要是人生結束時，能有機會重新回顧一生、審視內心深處；見到自己生前最幸福、最恐懼、最後悔、最不堪……的那些片刻，那會是怎麼樣的呢？

於是我又將混沌進一步細化成「七域」；人死後先進入混沌，每日行經一域，七日後出混沌、抵達鬼門關，由鬼差帶回陽間見家人最後一面，是為「頭七」。此後入陰間，從此陰陽兩隔不復見。

※《老梅謠》要角群各自的象徵

潔弟代表的是「無命」，吳常代表的是「無癡」（這裡的「癡」指的是貪嗔癡的癡，愚昧無明的意思）。

楊志剛代表的是「無忌」，黑茜代表的是「無屈」。

陳山河代表的是「無情」。這裡指的無情不是沒有情感，而是無稽灑脫，不兒女情長，不婦人之仁，不受情感擺布的意思。

我在網路連載初稿期間，很多讀友都很心疼王冬梅，覺得陳山河很薄情。但老實說，我覺得這個角色很真實，現實生活中遇到的一些男人真的就是這樣。他們不是壞人，甚至稱得上有情有義，但愛情在他們心裡佔的比重就不是那麼大。沒辦法，我寫不出完美的角色，也不喜歡寫。

葉德卿代表的是「無嗔」。這裡的「嗔」指的是貪嗔癡的嗔，簡單來說就是因為事情與自己期望的不同而生氣。我認為無嗔是一種「悟」的表現，對萬事萬物不執著，且同時心懷慈悲大愛，因而能做到不忿恨、不埋怨。

在他的外傳《佛殺》中，雖然他最後無法與相愛的女子（潔弟的阿嬤——許忘憂）白頭偕老，但是他從頭到尾都不曾怨天尤人，而是在洞見一切因果後，選擇釋懷放下，退一步終身默默守護她全家（包括潔弟）。但同樣地，連載初稿期間，讀友們都很心疼許忘憂，不解我為什麼要寫那種結局。

因為我不只是想寫喜劇啊。而是想寫盡悲歡離合、人生百態、生命的各種可能。

如果讀友們在我的故事中看見各種悲苦而心生憐憫，那麼我希望讀友們將這份憐憫放在現實生活中，待人皆寬容慈悲，那就太好了。畢竟眾生皆苦啊。

※結尾彩蛋中的上官凌和庫卡

當初在網路連載初稿時，就有讀友問我：「是否這兩個都是下一季的要角？」沒錯！

我一直想寫台灣本土版的《鬼吹燈》。這支能人異士組成的「探險隊」會在全島面臨生死危機時，一起上山下海，各出奇招；一同探險尋寶、完成任務。

不過下一季的主角會換成吳常喔，所以主線劇情會以他的視角出發。

至於上官凌和庫卡又各自代表什麼呢？就敬請期待《璇璣謎藏》囉♡

※是否會有楊志剛和黑茜外傳？

人氣很高的楊志剛和黑茜都有讀友敲碗外傳。我的確是有打算寫楊志剛和新角色上官凌的外傳啦。

黑茜也會有她的主線故事。但她的小說將是框架超大的小說，有可能會寫六到八集。所以我不會用「外傳」稱呼。

為什麼會寫到那麼多集？請大家想像一下《權力遊戲》X《鋼鐵人》那種科幻暗黑權謀

題材，大概就是那樣的框架和風格♡

總之，《老梅謠》宇宙系列如果可以一直出版的話，我真的可以寫到二十集。因為我太愛這些孩子們了♡♡♡

釀冒險86　PG3188

老梅謠　卷四：正氣長流

作　　者　芙　蘿
責任編輯　陳彥儒
圖文排版　黃莉珊
封面設計　嚴若綾

出版策劃　釀出版
製作發行　秀威資訊科技股份有限公司
114 台北市內湖區瑞光路76巷65號1樓
電話：+886-2-2796-3638　傳真：+886-2-2796-1377
服務信箱：service@showwe.com.tw
http://www.showwe.com.tw
郵政劃撥　19563868　戶名：秀威資訊科技股份有限公司
展售門市　國家書店【松江門市】
104 台北市中山區松江路209號1樓
電話：+886-2-2518-0207　傳真：+886-2-2518-0778
網路訂購　秀威網路書店：https://store.showwe.tw
國家網路書店：https://www.govbooks.com.tw
法律顧問　毛國樑　律師
經　　銷　聯合發行股份有限公司
231新北市新店區寶橋路235巷6弄6號4F
電話：+886-2-2917-8022　傳真：+886-2-2915-6275

出版日期　2025年8月　BOD一版
定　　價　350元

讀者回函卡

Printed in Taiwan

國家圖書館出版品預行編目

老梅謠. 卷四, 正氣長流 / 芙蘿著. -- 一版. --
臺北市 : 釀出版, 2025.08
面 ; 公分. -- (釀冒險 ; 86)
BOD版
ISBN 978-626-412-118-7(平裝)

863.57 114010594